AF206035

Tucholsky Wagner Scott Zola Sydow Freud Schlegel
Fonatne
Turgenev Wallace Twain Walther von der Vogelweide Fouqué Friedrich II. von Preußen
Weber Freiligrath Frey
Ernst
Fechner Fichte Weiße Rose von Fallersleben Kant Richthofen Frommel
Hölderlin
Engels Fielding Eichendorff Tacitus Dumas
Fehrs Faber Flaubert Eliasberg Ebner Eschenbach
Feuerbach Maximilian I. von Habsburg Fock Eliot Zweig
Ewald Vergil
Goethe Elisabeth von Österreich London
Mendelssohn Balzac Shakespeare Dostojewski Ganghofer
Lichtenberg Rathenau Doyle Gjellerup
Trackl Stevenson Tolstoi Hambruch
Mommsen Lenz Droste-Hülshoff
Thoma von Arnim Hanrieder
Dach Verne Hägele Hauff Humboldt
Karrillon Reuter Rousseau Hagen Hauptmann Gautier
Garschin Defoe Baudelaire
Damaschke Descartes Hebbel
Hegel Kussmaul Herder
Wolfram von Eschenbach Dickens Schopenhauer Rilke George
Bronner Darwin Melville Grimm Jerome Bebel Proust
Campe Horváth Aristoteles
Bismarck Vigny Barlach Voltaire Federer Herodot
Gengenbach Heine
Storm Casanova Tersteegen Grillparzer Georgy
Lessing Gilm
Chamberlain Langbein Gryphius
Brentano Lafontaine
Strachwitz Claudius Schiller Kralik Iffland Sokrates
Katharina II. von Rußland Bellamy Schilling
Gerstäcker Raabe Gibbon Tschechow
Löns Hesse Hoffmann Gogol Wilde Gleim Vulpius
Luther Heym Hofmannsthal Klee Hölty Morgenstern
Roth Heyse Klopstock Kleist Goedicke
Luxemburg Puschkin Homer Mörike Musil
Machiavelli La Roche Horaz
Navarra Aurel Musset Kierkegaard Kraft Kraus
Nestroy Marie de France Lamprecht Kind Kirchhoff Hugo Moltke
Laotse Ipsen Liebknecht
Nietzsche Nansen
Marx Lassalle Gorki Klett Ringelnatz
von Ossietzky May Leibniz
vom Stein Lawrence Irving
Petalozzi Knigge
Platon Pückler Michelangelo Kock Kafka
Sachs Poe Liebermann Korolenko
de Sade Praetorius Mistral Zetkin

Der Verlag tredition aus Hamburg veröffentlicht in der Reihe **TREDITION CLASSICS** Werke aus mehr als zwei Jahrtausenden. Diese waren zu einem Großteil vergriffen oder nur noch antiquarisch erhältlich.

Symbolfigur für **TREDITION CLASSICS** ist Johannes Gutenberg (1400 — 1468), der Erfinder des Buchdrucks mit Metalllettern und der Druckerpresse.

Mit der Buchreihe **TREDITION CLASSICS** verfolgt tredition das Ziel, tausende Klassiker der Weltliteratur verschiedener Sprachen wieder als gedruckte Bücher aufzulegen – und das weltweit!

Die Buchreihe dient zur Bewahrung der Literatur und Förderung der Kultur. Sie trägt so dazu bei, dass viele tausend Werke nicht in Vergessenheit geraten.

Eine Mutter

Augusta de Wit

Impressum

Autor: Augusta de Wit
Übersetzung: Else Otten
Umschlagkonzept: toepferschumann, Berlin

Verlag: tredition GmbH, Hamburg
ISBN: 978-3-8424-1420-4
Printed in Germany

I.

Das Dorf ist arm.

In den niedrigen, mit Stroh gedeckten Häuschen, die, schwärzlich vor Alter, in kleinen Häufchen zusammengekrochen, hier und dort zwischen spärlichen Äckern liegen, wohnt ein dürftiges Volk von Tagelöhnern mit blassen Gesichtern, die das Elend scharf und spitz gemacht. Viel Weber und Spinnerinnen sind darunter. In den kleinen Fabriken des Dorfes weben die Männer mit der Hand grobe Teppiche und Kuhdecken auf Webstühlen von einer Bauart, die man anderweitig bereits seit mehr als hundert Jahren vergessen hat. Die Frauen verspinnen daheim den rauhen Werg zu Garn. Tagaus tagein sitzen sie am Rade hinter dem runden Spinnfensterchen, das ein wenig Licht nur einläßt in das düstere Hinterhaus, welches zugleich als Arbeitsraum, Vorratsscheune, Rumpelkammer und Stall für die Ziege und die Hühner dient. Von ihrer ersten Kindheit an helfen die Kleinen mit, die Mädchen beim Spinnen, die Knaben beim Aufspulen des Garnes und der Wolle. Viele der Feldarbeiter, zumal die älteren, versuchen sich während der Winterszeit durch Weben einen kleinen Nebenverdienst zu verschaffen.

Die Felder, in die der Pflüger, träge hinter dem mit hängendem Kopf stapfenden Pferde einhergehend, die Pflugschar untief nur einsteckt, haben einen weißlichen Schein von dem Sand, der den Untergrund dieser ganzen Gegend bildet und der durch die dünne Schicht des Ackerbodens hindurch stets wieder zum Vorschein kommt zwischen spärlichen Roggen- und Haferhalmen und üppig ausgebreitetem Kartoffellaub.

Nach Süden, Osten und Westen hin erstreckt sich stundenweit die Heide, auf der zwischen sanften Bodenwellen Sandgruben mattgelb aus dem Braun hervorschimmern und wo ein verlorenes, blankstämmiges Birkenwäldchen in einer Wolke graugrünen Laubes steht.

Im Norden senkt sich der Boden nach der Zuiderzee zu, und hier wird alles anders.

Ein meilenbreiter Streifen klargrünen Landes, Weide und Polder, fett von dem Schlamm der winterlichen Überschwemmungen, erstreckt sich bis in unabsehbare Fernen in langen Windungen am Meer entlang, Landzunge neben Bucht, und von der einen zur andern kommen Kirchtürme in Sicht und rotdachige Dörfer, und mitten darinnen die Flotten der Fischerboote, die an Baumgärten vorüber segeln und an hohen Deichen, wo vom Seewind gekrümmte Bäume sich fein vom Himmel abheben.

Zu Hunderten grast während des Sommers das Vieh in diesen Wiesen, die das gemeinschaftliche Eigentum von einem Dutzend Dörfern bilden; vom hohen Winterdeich herab sind die weißbunten und roten Tiere zu sehen, unzählbar bis in weite Fernen. In den Poldern steht im Juni das Gras so hoch, daß die Mäher bis an die Hüften hineinsinken; und im Spätsommer hat dann das Vieh der reichen Bauern, das die Weiden abgegrast, an dem üppigen Grummet bis zur Winterszeit genug.

Was diese Gegend an Kraft und Überfluß besitzt, das kommt von hier, von der See, aus dem Polder und aus der Allmend mit jährlichen Gezeiten, die bis weit in das dürre Heideland hineinströmen.

Gleich wie im Winter die Zuiderzee mit starker Flut aufsteigt und über Umzäunungen und Deiche hinweg die Ebene überströmt, so steigt im Sommer das Gras aus dem befruchteten Boden; den Herden entgegen wächst es bis zur Erntehöhe und füllt Ställe und Scheunen vollauf.

Aus dem milden Seegezeit kommt das milde Grasgezeit, aus dem grauen Wasser der grüne Pflanzensaft, die wimmelnde Buntheit der Blumen, die Üppigkeit, der Honig, all der Reichtum, der, durch die Hunderte behaglich weidender Tiere mit ihren wiegenden Eutern hindurchgeseiht, als süße Milch zum Vorschein kommt, und der, auf Wagen heimgefahren, die Wärme und die Üppigkeit des Sommers in den Tennen der Bauernhäuser aufgespeichert hält.

Die reichen Polderdörfer, Inner-Enkum und Außer-Enkum, Kloosterhuizen, Wymenes, Valkenswaard, fangen von dieser Sommerflut am meisten auf: das läßt sich wohl schon erkennen an den weiten Gehöften mit den großen schimmernden Fenstern, die sich, eines neben dem anderen, an dem langen, schmalen Wege am Winterdeich hinziehen, und an den gesunden Vollmondsgesichtern des Bauernvolkes und an seiner hochmütigen Haltung.

Allein, ein Teil des Reichtums gelangt doch auch bis in das Heidedorf, und mit den wenigen wohlhabenden Bauern bekommen auch die Kätner, die Weber und Spinnerinnen und die Landarbeiter von Holthum etwas davon ab.

Ein aus alten Zeiten stammendes und eifersüchtig gehandhabtes Gesetz erkennt den von Geschlecht zu Geschlecht im Dorf Eingesessenen das Recht zu, ihr Vieh gegen ein geringes Entgelt in der Allmend weiden zu lassen. Und wenn die reichen Polderlandpächter an die Heuernte gehen, so ist das für das ganze Dorf eine gute Zeit.

Die Fabrikbesitzer lassen die Webstühle stillstehen und schicken die Knechte in das Heuland: die Bauern nehmen Tagelöhner in Dienst, es gehen Frauen und Mädchen mit, die sonst nicht zum Hause hinaus kommen. Während einiger Wochen hat alles frische Luft und Sonnenschein, Fröhlichkeit, einen guten Lohn für die schwere Arbeit und sättigende Mahlzeiten. Die Gesichter bräunen sich, die Augen werden klar. Als Nachfeier kommt dann die Kirchweih.

Dann aber ist alsbald schon, gleich wie im Winter das Meer von den Dünenrücken und den Anhöhen abfließt, die Flut der Wohlfahrt wieder aus dem Dasein der Armen verschwunden.

Die Weber setzen sich von Neuem an ihren Webstuhl, die Frauen drehen ihr Rad; bis in den späten Abend hinein schwanken ihre Schatten hinter den rötlich durchschimmerten Fenstern. Und aus den Gesichtern weicht mählich die Farbe, und die Fülle schrumpft zusammen bis sich wiederum die bleichen, hageren Weber- und Spinnerinnengestalten der übrigen elf Monate des Jahres zeigen.

II.

In dem Sommer, da Marretje Kettingmakers achtzehn Jahre alt ward, stand das Gras im Polder so dicht und so hoch wie seit langem nicht.

Alle Mann waren an der Arbeit, um es einzuholen. Der krüppelige Gerrit Kettingmakers, der Kuhdeckenweber, war in Plugges Land beim Aufladen. Marretje half das Gras wenden.

Es war zum erstenmal in ihrem Leben, daß sie bei der Heuernte mithalf.

Früher noch als die meisten anderen Kinder von Webern und Spinnerinnen hatte sie am Rade gestanden. Sie konnte es noch nicht anders herumbekommen als durch kleine Stöße, unten an den Speichen, als sie schon ganz allein, von Anfang bis zu Ende, eine Haspel spann, die sie stolz den Nachbarinnen zeigte.

So lange sie die Schule besuchte, hatte sie vor, zwischen und nach den Schulstunden ihre zwei Pfund täglich abgesponnen, anstatt mit den anderen Kindern auf der Straße zu spielen.

War sie damit fertig, so harrte ihrer schon wieder andere Arbeit. Die Mutter, die, wie so viele ihresgleichen, mit vierzig Jahren bereits alt und aufgerieben war, konnte alles das, was es im Hause, im Stall und auf dem kleinen Acker zu tun gab, nicht mehr allein bewältigen. Die beiden anderen Mädchen, die von Kindheit an unfolgsam gewesen, gingen ihrer Wege. Die eine arbeitete in einer Chokoladenfabrik zu Inner-Enkum, die andere auf einem Bauernhof; denn da währte der Arbeitstag nur eine bestimmte Anzahl von Stunden, und nachher gab's Feierabend und lustigen Umgang mit Burschen und Mädchen. Marretje mußte helfen.

Sie wurde still und altklug. Die Hausarbeit konnte man ihr ruhig anvertrauen, wenn die Mutter auf dem Felde war, und auch das Kochen. Sie verrechnete sich auch nicht um einen halben Cent[1] beim Handeln mit van der Scheer, dem Webermeister, für den der Vater arbeitete. Als sie mit zwölf Jahren aus der Schule entlassen

---

[1] Cent – holländische Münze im Werte von reichlich anderthalb Pfennig.

wurde, legte sich die Mutter, die sich schon seit langem nur mühsam weitergeschleppt. Kurz darauf starb sie.

Bei ihrem Tode hatte sie Marretje die Schlüssel gegeben. Die besorgte nun alles allein.

Um fünf Uhr mußte Gyvertje, die in die Fabrik nach Inner-Enkum ging, Brot und Kaffee haben und mit Schmalz bestrichenes Schwarzbrot zur Vesper; dann kamen Vater und Alie. Sobald die fort waren, begann die Hausarbeit; erst hinten mit dem Ausmisten des Stalles und dem Hineinbringen frischer Streu, dem Melken und Füttern der Ziege, dem Zerkleinern des Brennholzes, dem Auskehren des Flachsabfalles rings um ihr Spinnrad, dann drinnen das Scheuern, Kehren, Lüften und Waschen von Diele, Kamin, Hausrat, Betten, Kochgeschirr, das Reinigen der Lampe in der Vorderstube, und ihres Spinnlämpchens, das Einholen, Zubereiten und Kochen des Mittagbrotes. Vater verlangte, daß alles bereit sei, wenn er um Mittag heimkam. War er dann fort, so begann sie von neuem.

Es mußte Gras geschnitten werden für die Ziege, im Graben, am Wegrain, an den Ackerrändern und im Eichengehölz; von der Heide mußten Plaggen geholt werden zur Viehstreu, und Reiser zum Brennen. Das Unterzeug und die Bettücher warteten auf das Waschen, das Auskochen in dem großen, eisernen Kessel, dessen Rohr durch das Spinnfensterchen hinausgesteckt wurde, das lange Seifen und Spülen – namentlich von Gyvertjes Zeug, aus dem der braune Fabrikstaub nicht herauszubringen war – das Aufhängen auf die Leine, die von der kleinen Stalltür bis zu dem Wacholderstrauch ausgespannt wurde, endlich das Plätten und Zusammenlegen und das viele Stopfen, Nähen und Flicken, das mit jedem Tage mehr wurde und notwendiger. Dann mußte die Ziege zum zweitenmal gemolken und gefüttert und die Buttermilch, die bei Bauer Plugge geholt war, zum Abendbrei über das Feuer gehängt werden, damit er fertig sei, wenn der Vater und Alie und Gyvertje heimkamen.

Und zwischendurch spann Marretje. Wenn sie des Sonnabends viel weniger als vierzig Pfund in die Fabrik brachte – und eine Stunde brauchte sie gewiß zum Spinnen von einem Pfund – machte der Patron ein saures Gesicht, und dem Vater war es auch nicht recht, wenn sie ihm am Sonnabend Abend nicht mindestens ihre vierzig Stuiver[2] vorrechnen konnte. Wenn er und die Schwestern schon schliefen, stand sie noch und spann bis etwa zehn Uhr.

Hinaus kam sie nur dann, wenn sie dem Vater hin und wieder auf dem kleinen Kartoffelfeld helfen mußte, am Sonnabend, wenn sie ihr Garn in die Fabrik brachte und einen Sack Flachsabfall holte, und des Sonntags zum Kirchgang.

Da sie mit jungem Volk nicht zusammenkam, hatte sie weder Bekannte noch Kameraden. Am Sonntag nachmittag, wenn nach dem Mittagbrot das Geschirr fortgeräumt war, wenn der Vater schlief und die Schwestern, jede mit ihrem Schatz, fort waren, blieb sie am Fenster sitzen und schaute hinaus, ob auch jemand vorüberkäme. Im Hause ließ sich kein Laut vernehmen außer dem Ticken der Uhr und dem leisen Geräusch, das die Ziege machte, die in dem kleinen Stall an ihrem Futter knabberte. Es begann zu dämmern. Den Kopf auf den aufgestützten Armen schlief sie ein.

Sie war mit ihren achtzehn Jahren schmal und flachbrüstig wie ein Kind; in dem mageren, blassen Gesicht, das so selten lächelte, standen stille Augen. Allein schon der Gedanke zwischen so vielen Menschen, Frauen und Männern, ganze Tage lang auf dem Lande arbeiten zu müssen, hatte sie scheu gemacht.

Als sie hinauskam, war die Heuernte schon seit mehreren Tagen im Gang.

Jeden Morgen um zwei Uhr begannen die Mäher mit der Arbeit; dann, gegen fünf Uhr, kamen die Arbeiter truppweise in den Karren daher, die zur festlichen Erntefahrt frisch angestrichen waren. Je zwei aneinandergebunden, schwankten sie über die sandigen Wege hinter dem bedächtig gehenden, wohlgenährten und glänzenden Gespann, das ein Fliegennetz auf dem Rücken trug und am Kopfzaum kleine Büschel Birkenzweige.

Aus Valkenswaard, Inner-Enkum, Holthum und den dahintergelegenen Heidedörfern kamen sie daher durch die bunten Felder. Durch den Roggen, der unter dem Winde in bräunlich-weißen und violetten Perlmuttertinten spielte, und dem blauwogenden Hafer bewegten sich von allen Seiten die schimmernden Wagen auf die

---

2 Stuiver – alte holländische Scheidemünze – 1/20 Gulden.

Landstraße zu. Eine Zeitlang war der Wymenesser Weg, schmal zwischen seinen zwei Reihen Tannen, damit bedeckt. Einem Strom gleich lief das alles in den Polder hinein.

Durch die »Löcher«, die engen Breschen im Deich, die während des Winters zugemauert werden, fuhren die Karren hinab in die Tiefe. Gleich Booten, die von einem schräg ablaufenden Strand in das Meer gleiten, so glitten sie, hin- und herschwankend, in sausender Fahrt über den abschüssigen Polderweg in die Wiese hinein. Die Arbeiter aus der Umgegend, die zu Fuß kamen, kletterten am Deich hinauf.

Auf der Höhe standen sie einen Augenblick still, und hoben sich vor den Blicken der in der Niederung Gehenden riesengroß vom zartgefärbten Morgenhimmel ab. Über ihren Köpfen blitzten die hochgetragenen Heugabeln. Dann liefen sie hinunter und stürzten sich ins Gras wie Schwimmer ins Wasser; weithin schwenkten sie ihre Arme und den langen Rechen. Hinter ihnen kamen immer mehr Männer, Frauen, Karren und Pferde; und nach wenigen Augenblicken war all das Große und Viele nichtig geworden und den Blicken beinah völlig entschwunden in den unermeßlichen Strecken Landes, unter unendlich gewölbten Himmelsweiten der großen Grasfläche.

Wie ein grünes Meer lag sie da, leuchtend, und wogte in der Sonne.

Rasches, schaumweißes Aufblitzen brach empor, lief vor dem Winde her über das wogende Grün und verging dort, wo durchsichtig schwarze Wolkenschatten trieben; aus dem zwischen hohem Gras unsichtbar gewordenen Kanal schimmerten träge Segel auf, die sich blähten und an den Masten entlang schlaff zusammenfielen. Zwischen Breiten wimmelnden Grüns, darinnen der Wind weiß wühlte, lagen Breiten regungsloser Blankheit, weiter in der Ferne fahle Bahnen, braun und gelb gerippt, wie von kurz nacheinander daherkommenden Wogenreihen, dahinter wieder noch fernere Weiten, von wannen es sich erhob in galoppierenden Scharen schwerer, gelblich-grauer, rundköpfiger Wellen. Das Blau der Gräben glänzte streifenweis dazwischen, das Blau der Sensen schwingenden Mäher wie springende Tüpflein. Und all das Grün, Gelb, Falb, Braun und blitzende Blau, das Starre und das Wimmelnde mit den schwenkenden, blitzenden, kleinen Mähergestalten darinnen, gleich silberflossigen Fischen, die glänzend im Wasser spielen, die Wolkenschatten, die segelten, die fernen Baumgruppen, die gleich Inseln und Vorgebirgen dunkel lagen im Licht, im Kanal die heubeladenen Schiffe mit den geblähten Segeln, ein nebelhaft sich abhebender Deich, die mageren Linien des Polders schwarz vom Himmel sich abzeichnend und dahinter wiederum eine Ferne, undeutlich, mit dem Schimmer eines Kirchtürmchens, das sich silbern vom Himmel abhob, das alles kam dahergeflutet aus noch weiteren Fernen, hinter jenem im Licht verschwimmenden Horizont, gleich als sei dort noch viel mehr Grünes, Gelbes und Falbes in Sonne und Wind und Üppigkeit, eine ganze wogende, wimmelnde Welt von Gras.

Aus einem blendend blau- und -weißen Himmel glühte die Sonne darüber. Die Tage gingen, das Grüne wurde zusehends gelb.

Auf dem flachen Felde wurden die langen Reihen der Heuschober stets höher und höher, im Kanal sanken die großen Heuzillen immer tiefer unter der Last. Wagen, die hohen Häusern glichen inmitten all dieses Flachen, wuchsen stets noch höher hinan, im wackelnden Fortkriechen und Stillhalten an den Heuhaufen entlang. Im Überfluß kam die Ernte ins Land hinein.

Auf dem Wymenesser Weg floß jetzt vom Polder bis zu den Dörfern ein beständiger und langsamer Strom von Heu: unter den schwarzen Tannen und rechts und links zwischen all dem Violett, Weiß, Grün und Blau der Felder regte sich allüberall Gelb.

Die Wagen, hoch und breit, schwankend, so daß die Pferde unter der überhängenden Last fast verschwanden und es schien, als ob sie gewaltig in einer Staubwolke von selbst sich fortbewegten, kamen daher gleich einer Herde rauhhaariger, gelber Riesentiere, die, gesättigt und zufrieden, Wolken süß duftenden Atems im Gehen ausblasend, aus der abgegrasten Wiese heimkehrten.

Wo eines vorübergegangen war, blieb sein Geruch hängen. Der war so stark, daß sich alle anderen unzähligen Düfte des duftenden Junimondes darin auflösten. Die Düfte von Tannen und Birken, von den Johannistrieben des Eichengehölzes, darinnen auch noch das Gaisblatt rankte, der Duft von blühenden Linden und blühendem Roggen und Bohnenfeldern, der erstickende Brodem von Staub und heißem Sande, der feuchtwarme Dunst des Wassers, ja sogar der scharfe Geruch der vorüberziehenden Schafherden, und in den Dorfstraßen der schwere Qualm aus engen Häuschen verging darin. Selbst der Wind roch danach.

Überall, auch an den rauhen Tannenzweigen und an allen Sträuchern und stacheligen Brombeerranken hingen große, weiche Heubüschel. Alte Weibchen, die des Weges kamen, füllten ihre geflickten Schürzen damit, die Kinder trugen es spielend auf ihre kleinen Schiebkarren. Das ganze Dorf wurde mit Heu gefüllt. Es lag aufgehäuft in kleinen Ställen armseliger Häuschen, aus deren Halbdunkel die gelben Augen der behaglich fressenden Ziege glänzten. Auf den Heubergen wuchs es dem beweglichen, hoch emporgezogenen Dach entgegen; es breitete sich aus auf den Tennen, so daß der Bauer seitlings einen kleinen Gang hineingrub, um zur Hintertür hinausgelangen zu können.

Er mußte sich tüchtig rühren, wenn die erste Fuhre geborgen sein sollte, bevor die nächste kam. Die Knechte reichten es sich zu durch die Dachluken; greifend und aufhäufend arbeitete er selbst mit seinen Söhnen mit, bis in den späten Abend hinein, beim Schein der in dem First baumelnden Stallaterne. Ihre jeglichem Maß und jeglichem Verhältnis entwachsenen Schatten schwankten seltsam verzerrt hin und her über den Lehmboden der Tenne, quer über die Schattenstreifen der Balken hin, die wie die Speichen eines Riesenrades da lagen, schwarz auf rot. Die Bäuerin hatte mit dem Abendbrot für die Mäher vollauf zu tun. Auf Brettern und Böcken, die ganze Diele entlang, stand das Mahl für sie angerichtet. Zufrieden über die reiche Ernte, und weil das Heu so schön trocken hereingebracht war, goß sie den Eierkuchenteig, ohne zu kargen, in die Pfanne, worin der Speck zischte. Und die Burschen und Dirnen, die, die Kleider und die Haare voller Heu, mit den letzten Fuhren heimkehrten in der Dämmerung, zwischen den leeren Kaffeekesseln und Buttermilchkrügen und dem stumpf gewordenen Gerät auf den schwankenden Hügel hingestreckt, erfüllten, während sie von einem Wagen zum andern hinüberriefen, den Abend mit ihren schallenden Stimmen und mit ihrem hellen Gelächter, daß es klang, wie Finkenschlag am Mittag.

In Plugges Feld wurde am Ende des langen Streifens zwischen zwei blinkend blauen Gräben das letzte Gras gemäht; hinter den Mähern kamen mit langen Armbewegungen die Harker. Näher zum Deich hin lag das Gras schon haufenweise, erst halb getrocknet, in langen Schwaden. Die Frauen begannen es zu wenden; dort hatte Marretje ihre Arbeit.

Sie war gleichsam betäubt von all dem vielen Neuen und Geräuschvollen, von der lauten Lustigkeit der Leute, mit denen sie auf dem schaukelnden Karren nach Wymenes gefahren war, dem ansehnlichen Dorf mit seinen sauberen Gehöften, dem Lärmen in der schmalen Straße am Deich entlang, wo rasselnde Gefährte und kleine Zeltwagen zum Markte fuhren, Aufkäufer laut blökendes Vieh vor sich her trieben und unter Peitschenknallen und Geschrei schwerziehende Gespanne aus den »Deichlöchern« herauswühlten, während die schiebenden Männer an den Rädern und am Wagenbalken des hoch beladenen Heuwagens einander zuschrieen. Der Anblick dieser endlosen Weite von in Sonne und Wind wogendem Grase mit der Menge arbeitender Menschen darinnen überwältigte sie. Sie sehnte sich nach dem dämmerigen Haus und ihrem Spinnrade zurück. Und bekümmert dachte sie auch, wie es nun wohl gehen würde mit all der Hausarbeit, die sie während dieser Woche nicht verrichten konnte, und ob die Nachbarin, mit der sie die Abrede getroffen, Alie und Gyvertje wohl ein ordentliches Abendbrot vorsetzen würde.

Das Mädchen, das vor ihr her ging, zeigte ihr die Handgriffe des Kehrens; mit ihrer langzähnigen Gabel griff sie eine Schwade auf, schüttelte sie in der Luft, die Halme rings umher verstreuend, und warf dann mit einer kurzen Wendung des Handgelenks den Haufen Gras umgekehrt zur Erde, so daß das feuchte Grün nach oben gekehrt war. Im Weitergehen schleuderte sie das gleich einem riesigen Kranz um und um gewundene Braun und Grün über die blasse geschorene Sode.

Es kostete Marretje einige Mühe den Griff zu lernen. Aber als sie erst einmal das Aufgreifen des Grases und die rasche Wendung des Handgelenkes im Gefühl hatte, so daß sie, mit den beiden andern gleichzeitig sich bückend und sich wieder aufrichtend, in gleichem Takt weiterarbeiten konnte, fast wie bei dem Hin- und Herwiegen an ihrem Spinnrad daheim, begann sie es angenehm zu finden. Das schwer betaute Gras war kühl an ihren Füßen, so weich für ihr Auge lag das Grün, die Luft schien lebend in frühem, seinem Sonnenschein und einem leicht daherziehenden Winde.

Von der Arbeit, woran sie sich mit den Augen festgehalten, blickte sie plötzlich freimütig auf und freute sich.

Der Schwaden, den sie kehrte, lief am Graben entlang, wo seitlings zwischen bläulichem Schilf allerlei Morastpflanzen blühten, dünne, rote Sumpfnelken und Kuckucksblumen, Schierling mit durchsichtigen, weißen Wölkchen von Dolden auf schlanken Stengeln, zu einem feinen Kranz gebreitet, mattrosiges Wasserliesch und Baldrian, von unten bis oben behangen mit dicken hellvioletten Dolden, die von schillernden Faltern umschwirrt wurden. Sie blickte auf all die Blumen, die sie daheim auf der Heide niemals gesehen hatte, und schaute gleichzeitig in ein bekanntes Gesicht. Jenseits des Grabens, wo das Feld des Bauern van der Scheer lag, war Tymen Vos, der Teppichweber, am Mähen; bis zu den Hüften stand er im Grase.

Er nickte ihr zu.

»Gefällt dir die Arbeit?«

»Ganz gut!«

Sie fuhren wieder fort, jedes mit seiner Arbeit.

Wenn sie aufblickten, sah ein jeder des anderen Gesicht über die Blumen und die gaukelnden Falter hinweg.

Tymen ging, wie in einem langsamen Tanz sich drehend, mit einer Biegung, einem Schwung und einem weiten Auswerfen des Armes inmitten des kreisenden Aufblitzens seiner Sense. Aus seinen aufgestreiften Ärmeln staken seine Arme, rotbraun, das Hemd hing offen über der schweißtriefenden Brust. Unter dem herabgeschlagenen Rande seines Strohhutes glühte sein Gesicht wie eine aufgeblühte Päonie. Marretje mußte immer wieder hinschauen, so erstaunt war sie darüber, daß dies nun derselbe Bursche sei, den sie so gut kannte von der Weberei her, mit seinen scharfen, blassen Zügen und seinen grauen Armen. Tymen seinerseits sah sich das Mädchen aufmerksamer an, die geschmeidig sich regende Gestalt, und, in einem wirren Kranz blonden, krausen Haares die weichen Züge, über die sich mit der stets wärmer werdenden Farbe ein Glanz von Jugend und Frohsinn breitete; er dachte, daß es gar nett sein müsse, zur Kirmes zu gehen mit ihr.

Am Ende des Grabens kamen sie einander gerade gegenüber zu stehen. Sie nickten wieder, gleichzeitig diesmal und lachend, und wandten sich um, er in das wogende Gras hinein, sie zu den langen Schwadenreihen des flach liegenden.

Um Mittag sahen sie sich wieder.

Tymen und sein Kamerad, die schon seit zwei Uhr auf dem Felde waren, hatten ein Bettuch auf vier Stöcken als Sonnensegel aufgespannt, um in der Kühle ihre Mahlzeit halten zu können. Die Hände um den Mund gelegt, riefen sie in den sengenden Sonnenbrand hinein, wo Plugges Arbeitervolk erschöpft nur noch träge sich regte, daß hier Platz für sie sei im Schatten.

Tymen legte für Marretje einen Haufen Heu zurecht, so daß sie dasitzen konnte, das Gesicht gen Norden gekehrt, wo das Blau des Himmels, das gleich blauem Feuer war, und das leuchtende Wolkenweiß kühler wurden und hier und dort schon mählich erloschen unter einem langsam sich ausbreitenden grauen Flor.

Mieke Plugge hatte das Mittagessen gebracht, Haufen Brot, die des Durstes wegen mit ungesalzener Butter bestrichen waren, Salat, mit Essig und Speck begossen, und das köstliche Mähergericht, tiefe, irdene Häfen voll fetten Milchreises. Das Arbeitervolk aber war ausgesogen von der Sonnenhitze und dem Ostwind, ausgedörrt von der heißen schweren Arbeit, die ihnen den Schweiß in Strömen abpreßte. Sie griffen nach den mit Bier und Wasser gefüllten Kannen, den Kesseln mit kaltem Kaffee und den Buttermilchkrügen. Die Alten warnten das junge Volk, »sich nicht zu vertrinken«, aber sie konnten nicht mehr. Den Kopf zurückgelegt, gossen sie das Naß in sich hinein.

Die Tränen und der Schweiß brachen ihnen aus bei dem atemlosen Schwelgen, so daß es fast schien, als ob der Trunk durch ihre rotbraune Haut wieder hindurchbreche wie durch grobes Steingut, das zu lange trocken gestanden, das plötzlich hineingegossene Wasser. Da waren welche, die, innerlich noch brennend, am Graben niederhockten und, indes sie sich vornüberneigten, aus beiden Händen das laue Wasser schlürften. Der Buttermilchkrug war leer, als Marretje danach langte. Tymen hielt ihr den seinen hin. Sie wollte nicht annehmen, halb verlegen, halb auch getrieben von jenem stolzen Zartgefühl, das der Arme seinesgleichen gegenüber empfindet. Jedoch scherzend setzte er ihr den Krug an die Lippen.

»Es ist genug da für dich und für mich.«

Sie fragte, ob er nicht mitessen wolle von ihrem Milchreis: der sei auch gut für den Durst und gleichzeitig für den Hunger.

Lang hingestreckt, auf dem Bauch im Heu liegend, löffelte er aus dem kleinen Napf, den sie auf ihrem Schoß hielt, die kühle frische Nahrung.

Marretje selbst hatte sie erst einmal in ihrem Leben gekostet, bei ihrer ersten Kommunion, als sie in ihrem neuen hellen Kleide an einem mit Schüsseln gedeckten Tisch gesessen hatte und von dem köstlichen Gericht so viel essen durfte, wie sie nur wollte. Die Erinnerung, in die noch manches Ungewohnte und Schöne hineindämmerte von Lichtchen und Gesang und vielen freundlich dreinschauenden Gesichtern, übertrug ein Gefühl von dazumal auf den gegenwärtigen Augenblick. Mit diesem neuen Kameraden saß sie bei einem Fest.

Ringsum streckten sich die Mäher zum Schlafen hin. Sie lagen, nach einem Augenblick, gleich Toten da. Einer auf dem Rücken, ein anderer mit dem Hut über dem Gesicht, ein dritter vornüber, den Kopf auf den verschlungenen Armen, manche zusammengekauert an der Schattenseite eines kleinen Heuhaufens; und ihre Glieder lagen um sie her, als ob sie ihnen nicht gehörten, hier und dort achtlos hingeworfen und vergessen. An ihnen war keinerlei Bewegung zu verspüren, nicht einmal der Atem, und Leben ließ sich nur noch an dem durchäderten Rot einer Hand oder an einem Stück Hals erkennen, das zwischen verschossenen Fetzen zum Vorschein kam.

Marretje lag mit ihrem Kopf in dem weichen Heuhaufen und spürte während des Schlafes, wie er sie erquickte.

Eine Empfindung der Frische weckte sie auf. Das grelle Licht war verschwunden, um sie her trieb es wie eine große Insel von Schatten, es fielen einzelne Tropfen, flüchtig aus einer Wolke gesprengt, die bereits verging.

Tymen watete im Graben, seine Füße und Beine, bläßlich wie Gras, das unter einem Stein kümmerlich entsproß, standen dürftig zwischen den strotzenden Wasserpflanzen; es schien fast, als könnten sie nicht dem Burschen mit dem lustigen, sonnenroten Gesicht und den verbrannten Armen gehören.

Er setzte sich neben sie.

»Ich möchte wohl dreimal im Jahr heuen! Schönes Wetter macht doch das halbe Leben aus; und was verspürt man denn davon in einer Weberei?«

»Im Hause auch nicht viel,« antwortete Marretje.

Er erzählte, daß er jetzt schon seit zehn Tagen im Heulande sei. Er habe zuerst für den Patron gearbeitet, dann auf dem Felde eines Bauern, »mit dem der Patron es verrechnete«. Denn während der Erntezeit liehen die Pächter des Heulandes einander ihr Arbeitsvolk so bereitwillig wie Karren und Pferd und Gerät, und im Sommer gäbe es auch nicht viel Arbeit beim Patron, der schon mehr zu tun haben könnte, sich aber nichts daraus mache, weil er ja doch keinen Sohn habe, der das Geschäft später würde weiterführen können, sondern nur eine Tochter.

Er hielt inne, weil es ihm einfiel, daß Marretje das Dorfgeschwätz über seine Werbung um Zwaantje van der Scheer wohl kennen mochte. Sie aber saß da und schaute ihn so still an. Und er sagte ihr, wie er sich freue über die einträgliche Landarbeit; denn an seiner Mutter und seinem »stillen« Bruder habe er ja eine Familie zu ernähren.

Im Dorf, wo unter den seit Generationen schon Mangel Leidenden und immer wieder untereinander Verheirateten viele so sind, nannte man die Idioten beschönigend die »Stillen«.

»Das ist eine schwere Sorge für dich«, sagte Marretje, die auch an die epileptischen Zufälle des »Stillen« dachte.

»Ach nein, das ist nicht so schlimm. Für Mutter war es wohl schwer, früher, als sie allein alles verdienen mußte. – Du bist jetzt auch zum erstenmal beim Heuen mit, wie?«

»Ja, ich kann daheim nicht entbehrt werden«, antwortete Marretje, die seinem Gedankengang von seinen Mühen zu den ihren gefolgt war.

»Das versteht sich.«

Sie schwiegen, mit den gleichen Gedanken beschäftigt. Still und satt lag der Mittag um sie her.

Die Wolke hatte sich ausgetröpfelt, der gelabte Boden duftete dem wieder hervorbrechenden Sonnenschein entgegen. Eine leichte Bewegung der Luft zerstreute den Wohlgeruch, der gleich unsichtbaren Glocken über die Heuschober gestülpt stand. Ein Odem von feuchter Erde und Saft aus abgeschnittenen, triefenden Stengeln gesellte sich dem Dunst des lauen Grabens und dem reinen Duft der Pappeln längs des Deiches, die von ihren reingewaschenen Blättern die Tropfen abträufeln ließen.

Die Falter, die mit geschlossenen Flügeln an den Schilfhalmen gehangen hatten, breiteten sie aus und flatterten in den Sonnenschein hinein. Da war viel hastiges Gesumme von Bienen, die seit einer Woche schon stundenweit aus dem Umkreis nach dem Polder kamen, um aus dem honigtriefenden Klee und der Wicke ihre Ernte einzuholen, an diesem Morgen noch keine Konterorder erhalten hatten und jetzt wegen der Behinderung durch den Schauer noch schleunigst in um so größerer Hast mitnahmen, was sich aus dem geringeren Blütenzeug im Graben längs des abgemähten Landes gewinnen ließ. Und die Schwalben schossen vorüber, paarweise und in gleichmäßigem Flug, ein schimmernder Vogel in der Luft, ein dunkler Vogel am Boden, durchsichtig schwarz auf dem blitzenden Hellgrün. In der Höhe zwitscherten, unsichtbar, die Lerchen.

Wiederum begann die Arbeit; durch die Stille kam aus weiter Ferne das Räderknarren eines schwer beladenen Heuwagens, und ein Mäher wetzte irgendwo seine Sense. Seit dem Morgen war so vieles schon getan, daß nur noch hier und dort in der Ferne ein wenig Gras ungemäht geblieben war: gleich rauhen dunklen Hecken ragte es aus dem Flachen empor. Aber sonst allüberall, vom Deich an bis weit über den Kanal hinweg, wo die Heuzillen tief eingesunken waren unter ihrer Last, lag das Heu in Schwaden und zu Haufen.

Marretje blickte über das beladene Land.

»Wie viel ist es doch, wie viel!«

»Ja, den Bauern geht es gut dies Jahr, das kannst du glauben! In der Allmend steht es auch wie noch nie, wer jetzt eine Kuh hat, die er da weiden läßt, der ist wohl dran.«

Er spuckte eine Kleeblüte aus, aus der er den Honig herausgebissen hatte und sagte, daß er selber auch Allmendrecht besäße, aber was das wohl nütze, wenn kein Geld für eine Kuh da sei?

»Das kann am Ende wohl noch kommen, wenn alles gut geht, und wenn man spart und ein Kälbchen großzieht«, meinte Marretje beratend.

Er zuckte die Achseln.

»Das ist eine lange Arbeit, ich will nur lieber gar nicht damit anfangen.«

Der Storch, der, bis an den Hals mit Schlamm bespritzt, durch den Graben watete, machte gerade einen Fang. Mit zwei oder drei lässigen Flügelschlägen schwang er sich empor, den Schnabel mit dem zappelnden Frosch darin weit vorgestreckt, die langen Beine schlaff herabhängend. In schrägem Flug stieg er auf. In dem einen Augenblick einem breitgeblähten weißen Segel, im nächsten einem blitzenden Zickzackstreifen gleich, lavierte er, am blauen Himmel hell aufleuchtend, gen Süden.

»Er hat sein Nest auf Hartestein«, sagte Tymen, »es sind fünf Junge drin.«

Und er nickte in die Richtung einer kuppelförmigen Reihe von Baumwipfeln, zwischen denen eine Wetterfahne blinkte.

Vor kurzem hatten neue Bewohner das Landgut bezogen und es in eine Musterwirtschaft umgewandelt. In der Gegend sprach man viel von Herrn van Walsum, der »die Landwirtschaft studiert habe«, von seinem dänischen Inspektor, von seinen Ställen und seiner Molkerei, die ein Ingenieur eingerichtet, und von den auf allen Märkten ausgesuchten Kühen, deren Milch er um das Dreifache des üblichen Preises in der Stadt verkaufte.

»Die Kühe stehen in einem Prunkzimmer mit einem Teppich unter den Hufen, dadurch ist die Milch so besonders gut«, sagte Tymen.

Marretje blickte ihn zweifelnd an, bis er zu lachen begann.

»Dich kann man doch gar zu leicht foppen!« meinte er, noch lauter lachend.

Sie schaute in seine lustigen Augen und antwortete zaudernd:

»Der Vater spricht auch niemals so.«

Er sagte plötzlich:

»Willst du mit mir zur Kirmes gehen, diesmal?«

Sie wurde feuerrot.

»Nein, jetzt ist es keine Fopperei, 's ist mein Ernst.«

»Ich bin noch nie zur Kirmes gewesen.«

»Einmal muß es eben das erstemal sein.«

Sie dachte an die Abende, da sie von weitem sich die Buden angeschaut, die tanzenden Paare hinter den offenen Fenstern des Wirtshauses »Zum Grauschimmel«. und vor allem das Karussel, das ganz aus Musik und Lichtchen gemacht schien, und in dem die Burschen und die Mädchen, nebeneinander in den schaukelnden Schifflein, immerfort um und um kreisten.

Allein mit einem Kopfschütteln sagte sie, daß der Vater es wohl nicht erlauben würde.

»Warum nicht?«

»Er will es nicht.«

»Deine Schwestern gehen doch auch.«

»Das ist was anderes, ihre Freier holen sie ab.«

Sie errötete plötzlich und sagte hastig:

»Ich meine, sie sind nun einmal mehr auf sich gestellt, und ich bin immer nur daheim gewesen.«

Tymen blickte in das stets tiefer errötende Gesicht.

»Nun eben darum, du mußt doch auch mal wissen, daß du jung bist. Am ersten Kirmestage hole ich dich ab.«

Sie lächelte zaghaft, wie ein Kind, das noch nicht recht weiß, ob es sich wohl freuen soll über ein ihm außerhalb seines Bereiches vorgehaltenes Spielzeug, während sie von Tymens frischem Gesicht auf das runzelige, bekümmerte ihres Vaters blickte, der soeben erwacht war.

Mit einem Seufzer, der beinah wie ein Stöhnen klang, richtete er sich auf, schwerfällig, des einen steifen Beines wegen.

Die Heuwagen fuhren ins Feld hinein. – Ein jeder griff nach seinem Gerät.

Während er davonging mit seiner Sense in der Hand, sprang eine kleine Feldmaus vor Tymens Füßen auf. Er schlug nach ihr, im Scherz nur.

»Ach!« sagte Marretje, der das blaue Tierchen leid tat, das da jetzt so still lag.

Der alte Kettingmakers schaute hin, über seine Schulter hinweg:

»Die hat's jetzt besser als wir.«

Tymen lachte.

»Ich will schon noch ein wenig leben. Und du, Marretje?«

Ihre leuchtenden Augen antworteten für sie.

Die Arbeit begann von neuem, viel schwerer als am Morgen, mit dem Zusammentragen des verstreuten Heus und dem Hinaufreichen auf den Wagen. Die schwer befrachtete Gabel vor sich hingestreckt, kamen die Männer wankenden Schrittes von der äußersten Garbenreihe auf die Mitte des Feldes zu, wo der Heuwagen langsam weiter fuhr, von dem einen Heuhaufen zum nächsten. Die letzten Schwadenreihen wurden zu Haufen emporgestaut, und schwerfälligen Schrittes, wie ein Schiffer, der seinen Kahn stromaufwärts schiebt, drückte der Schnitter, den Stiel mit beiden Fäusten gegen den Leib gepreßt, seine Harke in die Schwaden, und die gelbe Welle wuchs in der Höhe und in der Breite zu einer Woge an, die er mit aller Macht emporstaute, bis dorthin, wo sie, sich überstürzend, auf den steilen Schober fiel. Dort standen die Männer mit ihren Gabeln, ergriffen das Heu, hoben die Last hoch empor, hielten sie eine Sekunde lang zitternd im Gleichgewicht und schleuderten sie dann mit einem Schwung hinauf auf den Wagen, wo der Auflader im Bücken danach griff.

Es wurde kein Wort gesprochen. Schwer atmend und triefend vor Schweiß, jede Muskel und jeden Nerv angespannt, arbeiteten die Männer und die Frauen einander in die Hand.

Marretje machte mit und nahm es mit den besten auf. In ihrem Herzen war eine Freudigkeit, die sie aufrecht erhielt, so wie die Luft einen Vogel in seinen hohlen Schwungfedern schwebend trägt.

Tymen war jetzt auf einem Stück Land an der Arbeit, das jenseits des Kanals lag. Sie sah ihn sich immer weiter fortbewegen, wie er sich von einem wogenden grünen Wall abhob. Zuletzt war er nicht mehr als ein blauer, aufblitzender Fleck.

Sie dachte bei sich, ob er wohl mit seiner Arbeit fertig sein würde, wenn sie heim müßte.

Während der vorletzte Wagen davonfuhr, zauderte sie so lange, bis der Vater und die beiden andern Frauen ohne sie gingen.

Aber als man endlich auf den letzten das letzte Heu aufgeladen und den Wiesbaum straffgezogen hatte, war Tymen nirgends mehr zu sehen.

Die Arbeiter, die nicht mitfahren durften, wegen der Gefahr, daß die schwankende Fuhre auf einem unebenen Wege sich überschlagen und auf Mann und Pferde stürzen könnte, gingen gekrümmt und langsam hinter dem behutsam gelenkten Wagen her. Sie folgte, während sie sich stets umschaute, dem letzten.

Der abendliche Nebel umfing sie feuchtkalt, mühsam schleppte sie ihre Füße, sie fühlte plötzlich den Schmerz der Übermüdung in allen Gliedern, und in der Kehle stieg ihr die Lust zum Weinen auf.

Am »Deichloch« machte der Wagen halt.

Von der Höhe aus kletterten die Arbeiter hinauf.

Eine Stimme rief sie an:

»So komm doch, Marretje!«

Es war Tymen! Wo war der, so plötzlich, hergekommen?

Er zog sie an beiden Händen hinauf und neben sich hin zwischen die leeren Kessel und Krüge und das bei der Arbeit stumpf gewordene Gerät.

Sie wollte etwas sagen, konnte nicht, wußte nicht recht mehr was, und schaute ihn nur hilflos an.

Der Ruck, mit dem sich der Wagen in Bewegung setzte, warf sie gegen einander. Sie fühlte seinen Arm um ihre Schultern. Leicht zitternd gab sie nach.

Vornüber hingestreckt im Heu, das Gesicht auf den Armen, lagen die beiden Arbeiter da.

Der kühle, feuchte Heuhügel bewegte sich hin und her, leise schaukelnd, wie eine Wiege. Es begann zu dämmern. Am Himmel, der bleich schimmerte zwischen den schwärzlichen Tannenkronen des Wymenesser Weges, hingen die ersten Sterne, klaren Tautropfen gleich.

Tymen zog Marretje noch fester an sich und küßte sie.

Sie legte ihr Gesicht an das seine mit der Bewegung eines Kindes, das die Mutter sucht. Von selbst gaben ihre Lippen den Kuß zurück.

III.

Wie ob eines Unglücks, das sie ihr Lebtag nicht mehr würde verwinden können, war Tymen's Mutter bestürzt über seine Liebschaft mit Marretje, als sie bemerkte, daß es ihm ernst sei und daß er schon ans Heiraten denke.

Es hatte sie schwere Mühe gekostet, ihn groß zu ziehen.

Als sie heirateten, waren ihr Mann und sie besser gestellt als die meisten; sie hatten ein eigenes Häuschen und ein Stückchen Ackerland. Aber Vos, ein Teppichweber, der von Kindheit an mitgearbeitet hatte bei dem damals noch üblichen Hecheln, dem Spinnen, dem Aufspulen und dem Weben von Kuhhaaren und Werg, hatte eine schwache Brust. Er begann zu husten, dann Blut zu speien; und starb, als er kaum dreißig Jahr alt war. Die Kinder waren noch klein, Tymen erst vier, der andere, der »Stille« noch nicht zwei Jahre alt. Aus der Zeit von Vossens Krankheit waren Schulden zurückgeblieben. Die Witwe mußte den Acker verkaufen und die Kuh, und dann allmählich das eine nach dem andern, zuerst, was sie entbehren konnte, dann, was sie nicht entbehren konnte, und endlich auch das Häuschen. Sie spann, nähte Kuhdecken, jätete auf den Äckern, ging tagelang zum Arbeiten in die Häuser wohlhabender Bauern, nähte Jacken für die Frauen, richtete ihre fein gefälteten Sonntagshauben her, bis spät in die Nacht hinein, und verdiente doch niemals so viel, daß sie, trotzdem sie sich selber das Brot vom Munde absparte, ihren beiden Kindern hätte genug zu essen und anständige Kleider geben können.

Der »Stille« litt an Zufällen.

Lange Zeit war er ruhig, saß zufrieden in einem Winkel mit des Vaters glänzender Tabaksdose, die er mit seinen blassen, feuchtkalten Fingern streichelte und die die geduldige Mutter für ihn aufhob, so oft er sie sich entgleiten ließ. Dann aber bekam er plötzlich einen Zufall. Schreiend wälzte er sich auf der Erde herum, Schaum vor den blauen Lippen. Einmal war er so nahe ans Feuer gekommen, daß seine Kleider in Brand gerieten. Die Mutter wagte kaum noch aus dem Hause zu gehen.

Und doch mußte sie es ihrer Arbeit wegen, hielt es dann eine Weile aus, trotz ihres angsterfüllten Herzens, bis sie eines Tages wieder nach Hause geholt wurde von dem erschreckt weinenden Kinde der Nachbarin, zu der sie den »Stillen« in Pflege gegeben. Dann blieb sie wieder einige Zeit daheim, litt etwas mehr Hunger, und wenn der Winter kam, etwas mehr Kälte als sonst, borgte sich von diesem und von jenem, arbeitete, während andere schliefen und quälte sich so durch die bösen Tage hindurch, bis das unglückliche Kind wieder ruhiger ward.

Tymen ging zur Schule; der Lehrer war zufrieden mit ihm. Aber was er verdiente mit dem Aufspulen des Garnes in der Fabrik, für drei Cents pro Stunde, das machte nicht viel aus. Und während dessen aß er je länger desto mehr und nutzte seine Holzschuhe und seine Kleider je länger desto rascher ab. Die Mutter, die nicht um Armenunterstützung einkommen wollte, – vielleicht wußte sie auch wohl, daß man ihr nichts bewilligen würde, da es ja doch immerhin welche gab, die es noch nötiger hatten,– dachte bisweilen wohl, sie könne es nun nicht länger mehr ertragen und sie wolle nur lieber betteln gehen, mochte es anständig sein oder nicht. Daß sie es dennoch nicht tat und sich sogar schuldenfrei erhielt, das geschah auf Kosten von Überanstrengungen und Entbehrungen, die sie, als sie kaum über vierzig Jahre alt war, bereits zu einer alten Frau ausgemergelt hatten.

Endlich kam Tymen zu van der Scheer in die Fabrik, und fing an, als Teppichweber zu verdienen.

Jetzt konnte sie sich, wenn sie müde wurde, mal ausruhen, jeden Tag sich satt essen und den »Stillen« pflegen.

Sie atmete auf.

Van der Scheer war zufrieden mit Tymen, der sich viel Mühe gab und seinen Kameraden, einen langsamen Arbeiter, zur Arbeit antrieb. Seine Tochter Zwaantje nickte ihm freundlich zu, wenn sie am Sonntag in ihren schönen Kleidern, mit der Haube aus echten Spitzen über dem goldenen »Ohreisen«[3] und einer zweimal um den Hals geschlungenen massiv goldenen Kette zum Gottesdienst ging,

---

[3] Eine goldene, den ganzen Kopf umschließende Haube.

an der Gruppe von Burschen vorüber, die wartend vor der Kirchen-tür standen.

Die Mutter sah ihn und sie schon verheiratet und Tymen als In-haber der Fabrik.

Jetzt hatte er mit einem Schlage nicht nur all dies Glück von sich geworfen, sondern statt dessen auch noch Sorgen, Mühen und Un-frieden ins Haus gebracht. Wenn sie sich dagegen nicht auflehnte, würde es in Zukunft noch schlimmer werden, als es je zuvor gewe-sen; denn wie würden eine Frau, und späterhin auch Kinder, von dem mitessen können, was für sie selber nur knapp ausreichte?

Sie, die noch niemals geklagt hatte, fuhr so heftig auf, daß die Nachbarn ihr Weinen und ihre bitteren Worte hörten.

Tymen antwortete zornig, rief aus, daß er doch auch ein Mensch sei und leben wolle und endete damit, daß er fluchend hinausging und die Tür heftig hinter sich zuwarf. So hatte sie ihn noch nie ge-sehen. Sie wagte kein Wort zu sagen, als er spät abends heimkam.

Am nächsten Morgen aber ging sie zu Marretje, die sie allein an-traf.

Sie hatte sich vorgenommen, ruhig und vernünftig zu sprechen; aber beim Anblick dieses Lächelns und dieser leuchtenden Augen packte sie plötzlich der Zorn, und sie wußte selber nicht einmal mehr, ob es Marretje sei oder Tymen, den sie in maßloser Heftigkeit mit Vorwürfen und Beschuldigungen überschüttete. Sie hörte nicht auf das, was das Mädchen, durch ihr Schluchzen hindurch, zu sa-gen versuchte, um sich und ihn zu entschuldigen. Mit der drohen-den Warnung, daß sie Tymen schon daran hindern werde, in sein Unglück zu rennen, ging sie fort.

Als Kettingmakers von den Nachbarn – denn Marretje schwieg – hörte, was geschehen war, wurde er so zornig, als er es seiner Natur nach nur werden konnte, fühlte sich aber dennoch im Geheimen erleichtert, weil jetzt ein Anderer das getan hatte, was er selber wohl hätte tun wollen, ohne es so recht zu können.

Ebensowenig wie Tymens Mutter wollte er von der Sache etwas wissen; denn, wenn sie Tymens Verdienst nicht entbehren wollte, so konnte er Marretjes Sorge und Arbeit im Hause ebensowenig entraten.

Und daß er, wenn Tymen des Abends eintrat und sich neben Marretje setzte, wie einer, der in seinem Recht ist, bisher nur gemurrt und gebrummt und Marretje nicht mit der absoluten Machtbefugnis, die unter seinesgleichen ein Vater über sein Kind zu besitzen pflegt, den Umgang verboten hatte, das kam nur daher, weil er sich gar so sehr vor »Unfrieden« fürchtete. Allzeit unter der Ermüdung und dem Schmerz des schlecht geheilten Beinbruches leidend, kroch er, gleich einem halb zertretenen Insekt zwischen staubigen Blättern im Sande, von einem Arbeitstage zum andern, jedesmal zufrieden, wenn er einen zu Ende gelebt und der Sonnabend wieder vorüber war, ohne daß der Patron ihm den Abschied erteilt hatte; er hatte keinerlei Gedanken oder Kraft übrig für etwas, das außerhalb des Allernächsten und durchaus Notwendigen lag, und ließ das, woran er doch nichts ändern zu können glaubte, geduldig über sich ergehen. Wohl hatte er versucht, Marretje durch Warnungen, »daß er es doch nicht ehrlich meine« und »daß mit ihm nichts los sei« von Tymen zu entfremden, aber, als das nichts half, hatte er nur noch geseufzt und in seiner klagenden schleppenden Art prophezeit, daß sie es noch bereuen werde, auf ihren Vater, der es so gut mit ihr meine, nicht gehört zu haben.

Als er nun an diesem Abend Tymen wieder daherkommen sah, stieß er die Tür zu und schob den Riegel vor.

Tymen aber wußte es doch so einzurichten, daß er Marretje traf. Er wollte das gut machen, was seine Mutter ihr angetan: sie meine es nicht gar so schlimm.

Marretje sagte, vor sich hin blickend: »Sie hat für dich gesorgt, jetzt mußt du für sie sorgen.«

Er antwortete, daß er Manns genug sei, um eine Frau zu ernähren und zugleich seiner Mutter das zu geben, was ihr zukomme. Der »Stille« brauche nicht viel, nun, da sie wüßten, wie sie ohne Arzt mit ihm fertig werden konnten. Und Marretje selbst verdiene ja auch.

»Vierzig Stuiver jede Woche, und manchmal sind es schon fünfundvierzig gewesen,« sagte Marretje.

Sie verabredeten, wie sie sich im Geheimen treffen könnten.

Das war schwer; denn ein jeder von ihnen hatte den ganzen Tag über zu tun, – und am Abend war der Vater daheim.

Allein jeden Sonnabend ging er nach dem Abendessen zum Dorfscher. Marretje stand unruhig da während er sich erst umständlich unter der Pumpe wusch mit Seufzen und Stöhnen über das kalte Wasser, das ihm in den Nacken floß und die gebückte Haltung, die ihm schwer fiel. Draußen hatte sie schon Tymens Pfiff gehört, der den Schlag des Buchfinken nachahmte. Der Vater trocknete sich langsam ab, trat stolpernd an die kleine Lade, um die Kupfermünzen für den Barbier herauszuholen, zählte sie nochmals nach, nahm noch ein paar heraus, zögerte, bevor er sie wieder hineinlegte, stopfte sich seine Pfeife, zündete sie an und blieb noch eine Weile vor der Tür stehen. Endlich ging er dann. Sie eilte davon, ohne auch nur einen Blick in den kleinen Spiegel zu werfen, um zu sehen, ob ihr Haar ordentlich sitze und ob auch keine Fasern vom Spinnen darin seien.

Tymen wartete hinter dem Heuschober eines nahe gelegenen Bauerngehöftes; sie sah seine Gestalt sich scharf vom roten Himmel abheben. Sobald sie seinen Arm um ihre Schultern fühlte, war der ganze Kummer der Woche vergessen.

Allein Tymens Mutter kam dahinter; aus seinen Worten erriet Marretje, wie böse sie sei und was er zu Hause zu erdulden habe. Da begann auch ihr Vater mit Vorwürfen und Klagen: er merke es am Spinnlohn, daß Marretje nicht so viel an ihrem Rade sitze wie sie müsse. Zu guter Letzt sah sie ein, daß es so nicht länger ginge.

Sie sagte es Tymen.

»Es wird doch nichts anderes daraus als Kummer.«

Mit einem bösen Wort zwischen den Zähnen wandte er sich ab, gleich als wolle er gehen und sie dort allein stehen lassen.

»Tymen, ach Tymen!«

Sie richtete ihr verweintes Gesicht zu ihm auf mit einem Blick, vor dem sein Zorn verging.

Er sagte weicher:

»Wir dürfen doch auch wohl an uns selber denken.«

Marretje hielt einen Seufzer zurück, bevor sie antwortete:

»Der Vater kann mich nicht entbehren, und du kannst ja auch nicht von deiner Mutter fort und von deinem Bruder, dem armen Stümper.«

Er wußte wohl, daß das wahr sei, wenngleich er Marretje und sich selber so gern hätte anders bereden wollen. Dennoch versuchte er es noch einmal.

»Im nächsten Jahr noch nicht, das versteht sich, und das Jahr darauf auch noch nicht, aber einmal werde ich doch wohl Lohnerhöhung bekommen, und vielleicht setzt mich der Patron auch mal mit einem Kameraden zusammen, der 'n bißchen rascher arbeitet ...«

Marretje sagte leise:

»Wir müssen es eben abwarten.«

Das alte Dasein begann von neuem, gleich als habe es keinen Augenblick geschienen, daß es anders werden wolle.

Sie hatte im Hause ihre Arbeit von früh fünf Uhr an, wenn Gyvertje ihr Brot und ihren Kaffee haben mußte, ehe sie in die Chokoladenfabrik ging, bis des Abends um elf, wenn sie noch am Spinnrad stand.

Sie sah Tymen, wenn sie ihr Garn in die Weberei brachte, und von weitem in der Kirche. Am Sonntag Nachmittag kam er wohl hin und wieder mit seinen Kameraden vorüber; dann nickten sie einander zu; und sie schaute ihm nach, ihre Wange gegen die kleinen Scheiben gepreßt.

Allein in dem totenstillen Hause saß sie da und dachte, dachte immer die gleichen Gedanken. Oftmals saß sie noch unbeweglich im Halbdunkel, wenn die Schwestern mit ihren Bräutigams heimkamen.

Gyvertje wollte heiraten.

Das gab viel Not und Kummer wegen des Geldes.

Seit einigen Monaten schon wollte sie ihren Lohn für sich behalten, und an jedem Sonnabend begann von neuem das Keifen und

Zanken über das Kostgeld, das sie dem Vater zu geben hatte. Jetzt verweigerte sie auch das aufs Bestimmteste, holte beim Kaufmann auf des Vaters Namen ein und nahm jedesmal noch so viel aus der kleinen Lade, daß Marretje nicht mehr wußte, wie sie von einer Woche zur andern auskommen sollte. Es war eine Erleichterung, als sie endlich zum Hause hinaus war.

Der Mann, der als Transportarbeiter bei der Chokoladenfabrik angestellt war, erlitt einen Unfall beim Aufladen von Kisten und blieb länger als einen Monat arbeitsunfähig. Die Auszahlung war knapp. Gyvertje kam, um vom Vater zu borgen. Er wollte nicht; die Schuld von ihrem Hausrat war noch nicht einmal getilgt. Marretje brachte ihn endlich dazu, mit vielen beschwichtigenden Reden und dem Versprechen es selber zurückverdienen zu wollen.

Es kam ein Kind.

Das war gesund und gedieh gut.

Aber bald schon mußte die Mutter es entwöhnen; sie konnte den Fabriklohn nicht länger entbehren.

Marretje sagte, daß sie tagsüber das Kleine warten wolle.

Die Mutter brachte es morgens früh, wenn sie in die Fabrik ging.

Es war dann noch dunkel. Marretje hörte ihren Schritt auf dem hart gefrorenen Weg, und bevor noch die andere angepocht, hatte sie das Licht bereits angezündet und die obere Halbtür geöffnet.

»Es schläft so fest,« sagte die Mutter, selber mit einer schläfrigen Stimme, und über die untere Halbtür hinweg reichte sie das braune Bündelchen hinein, worin das Kind saß wie eine überwinternde Raupenpuppe in einem aufgerollten Buchenblatt.

Marretje trug es auf ihr Bett.

Die Flasche Milch war schon lauwarm, wenn es erwachte; sie nahm es auf ihren Schoß, um ihm zu trinken zu geben und mußte lachen, wenn sie sah, wie es nach dem Saugpfropfen griff und mit seinen beiden kleinen rotfingrigen Fäustchen die Flasche umklammerte. Sie hätte am liebsten den ganzen Tag mit ihm gespielt.

Immer wieder ging sie während ihrer Arbeit zu ihm, um zu sehen, wie es dort, so winzig, in dem breiten dunklen Bette lag.

Wenn sie sich über den Kleinen neigte, streckte er seine Ärmchen nach ihr aus.

Am Abend kam Gyvertje und holte ihn wieder; dann schlief er schon in seinem braunen Tuch.

Marretje lehrte ihn gehen.

Er hielt sich fest an ihrem Zeigefinger, während er mit wackelnden Schrittchen vom Stuhl nach dem Tisch lief. Dann machte sie aus ihrem Arbeitssack ein Nestchen für ihn zurecht, in dem er zufrieden spielte, indes sie spann.

Als er kaum ein Jahr alt war, bekam Gyvertje ein zweites Kind. Jetzt konnte sie doch nicht mehr in die Fabrik gehen. Sie behielt auch das erste daheim. Anfangs ging Marretje wie verloren umher; ihr war zumute, als sei alle Arbeit bereits getan.

Seit Gyvertjes Heirat gab es mit Alie immerfort Verdruß und Sorge.

Nach einem heftigen Zwist war sie mit ihrem Bräutigam auseinandergekommen. Der neue, ein Maurergeselle aus Enkum, war fast immer außer Arbeit. Dennoch wollten sie heiraten. Es ging nicht. Aber schließlich *mußte* es sein.

Der Bursche, der zum Militär einberufen war, zog am nämlichen Tage in die Kaserne. Bis er zurückkehren würde, wollte Alie daheim bleiben beim Vater und bei Marretje.

Sie konnte sich im Haushalt nicht zurechtfinden; mit ihren langsam und schwerfällig gewordenen Bewegungen schlich sie matt umher. Nach ein paar Tagen gab sie es auf. Zusammengekauert saß sie auf einem Stuhl am Herd und schaute auf die zuckenden Flämmchen in den Tannenreisern und auf den Topf, in dem Reis und Buttermilch brodelten, während die Näharbeit auf ihrem Schoß ihren Händen entglitt. Der Anblick ihres blassen, schmalen Gesichtes schnitt Marretje ins Herz. Heimlich kaufte sie Fleisch und Milch für sie.

Das Kind wurde geboren, ein armes, kümmerliches Wurm, das kaum des Lebens fähig schien. Fast vom ersten Tage an hustete es; es war, als könne es nicht recht atmen. Die Mutter lag krank danieder. Matten Auges schaute sie zu, wie Marretje sich mit ihrem Kinde abquälte. Es starb. Ihr schien das kaum zum Bewußtsein zu kommen. Sie lag, mit dem Gesicht gegen die Wand gekehrt, indes Marretje das arme tote Geschöpfchen, das jetzt nicht anders aussah, als da es noch lebte – so blaß war es immer gewesen und so tief eingesunken die Augen – behutsam in den Sarg bettete und ihm einen blühenden Zweig von der Rotdornhecke vor dem Hause in die gefalteten Händchen legte.

Der Vater gab auf den Todesbericht keine Antwort. Seine Dienstzeit ging zu Ende. Er kam zurück. Und nachdem er drei Wochen lang die ganze Gegend abgesucht hatte, fand er endlich in Kloosterhuizen eine Arbeit, die wohl bis zum Herbst dauern würde, und holte seine Frau heim.

Marretje blieb mit dem Vater allein.

Wenn er des abends aus der Fabrik nach Hause kam, war er meistens so müde, daß er kein Wort sprach. Er wollte sogleich seinen Brei haben. Dann ging er zu Bett.

Die Hausarbeit war beendet, der Sommerabend noch hell.

Marretje schaute nach ob er schlief; dann schlich sie sich heimlich zur Tür hinaus, zu Gyvertje.

Es war immer etwas mit den drei Kindern. Sogar das älteste, das doch zuvor so fröhlich und frisch gewesen, begann zu kränkeln.

Der Vater wollte nicht, daß sie mit dem Kinde zu dem neuen Arzt ginge, zu dem die Holthumer kein Zutrauen hatten, weil er keine Medizin verordnete und überall die Fenster öffnete. Und er meinte:

»Da würde ein guter Arzt auch nichts machen können. Es kommt eben nicht genug hinein!«

Marretje kam, so oft sie nur irgend konnte, mit einem Restchen Essen und ein paar Eiern von den soeben erst angeschafften Hühnern.

Aber eines abends traf sie die drei Kinder, ein jedes mit einer Schale Milch, die wie lauter Sahne aussah, während ihre Schwester mit frohem Gesicht dabei saß.

Der Arzt, zu dem sie, dem Rat einer Nachbarin folgend, dennoch gegangen, hatte ihr einen Brief an Frau van Walsum auf Hartestein mitgegeben; jetzt bekamen die Kinder die köstliche Milch aus der Musterwirtschaft.

Marretje entsann sich wohl, wie Tymen darüber gesprochen hatte an jenem Nachmittag im Heulande; viele Jahre war es schon her.

An diesem Sonntag in der Kirche wollte es ihr scheinen, als schaue Tymen sie immerfort an. Sie meinte, daß sie sich das sicherlich nur einbilde. Und dennoch fühlte sie, wie ihre Wangen warm wurden.

Draußen kam er geradeswegs auf sie zu.

In einem Ton, als hätten sie einander erst vor einer Stunde zum letztenmal gesprochen, erzählte er ihr, daß sein stiller Bruder in eine Anstalt käme.

Es sei in der letzten Zeit mit seinen Zufällen so viel schlimmer geworden, sie hätten den Arzt dazu geholt, der habe gemeint, daß sich vielleicht wohl noch etwas machen ließe, und Frau van Walsum habe mit Geld geholfen. Nun sei es daheim ganz anders geworden, in jeder Beziehung.

Marretjes Herz klopfte so sehr, daß sie nicht sprechen konnte; sie begriff wohl, warum er ihr das erzählte und warum er, gleich als sei das etwas ganz Natürliches, neben ihr her ging und ihr bis vor ihre Tür das Geleite gab.

Seine Mutter wurde krank.

Es schien fast, als ob ihr mit der Sorge um den unglücklichen Sohn nicht eine Last, sondern eine Stütze genommen sei.

Immer wieder mußte der Arzt zu ihr kommen und ihr versichern, daß »man« in der Anstalt gut zu ihm sei und daß es ihm an nichts fehle. Endlich wollte sie durchaus dorthin und ihn heimholen. Sie war bereits sterbend.

Marretje hörte es von einer Nachbarin, die mit vielen anderen seit Stunden schon, Gebete murmelnd und die Ende erwartend, bei ihr gesessen hatte, und die jetzt gerade im Begriff war, wieder hinzugehen.

Sie wußte wohl, daß man es ihr verübeln würde, wenn sie nicht auch käme. Aber sie konnte nicht. Von den vielen widerstreitenden

Empfindungen, die sie schmerzlich verwirrten, war am allerstärksten eine schamhafte Scheu die Frau anzusehen, die Tymens gute Mutter gewesen, und auf deren Tod Tymen und sie doch warten mußten, um selbst Eltern werden zu können.

Am Abend nach der Beerdigung kam Tymen, so wie er zum Friedhof gegangen war, in seinen schwarzen Sonntagskleidern.

Sie heirateten.

IV.

Der »Bunte Stein«, wo Tymen mit seiner Mutter gewohnt hatte, war ein stattliches Bauerngehöft aus dem achtzehnten Jahrhundert, das seit langem schon kein Bauer mehr bewirtschaftet hatte und dessen Heumiete und Scheune längst verschwunden. Der Besitzer, der unter der stetig abnehmenden Anzahl der wohlhabenden Bauern keinen Kauflustigen finden konnte, vermietete das große Haus, das durch einen quer über der Diele angebrachten Verschlag in drei Teile getrennt war, an Arbeiterfamilien. Eine dieser Wohnungen hatte keine Tür, so daß die Leute durch das Fenster herein- und herausklettern mußten. Immer war Krakeel und Zank unter den Weibern über den Gebrauch der Pumpe, des Raumes, der früher als Kuhstall gedient hatte und wo sie ihr Brennholz und ihren alten Plunder hinwarfen, und der gewaltigen Feuerstätte, wo sie den Kessel für die Wäsche heizten.

Tymens Wohnung lag im Vorderhause; es war die einzige gute von den dreien, der Wohnraum von einst mit noch einer kleinen Kammer daneben und dem großen gewölbten Milchkeller darunter. Er wollte dort wohnen bleiben.

Es kostete Marretje große Mühe, ihren Vater, der zu ihnen ziehen sollte, aus seinem alten Heim loszulösen. Wenngleich er schon seit Jahren geklagt hatte über die Risse in der Mauer und im Dach, die der geizige Hauswirt nicht ausbessern lassen wollte, und durch die Kälte und Nässe eindrangen, welche die Schmerzen in seinem kranken Bein stets schlimmer werden ließen, konnte er sich doch jetzt nicht davon trennen.

Der Klapptisch, die sechs Stühle und die bemalte Kleidertruhe mit der kleinen Landschaft in einem Kranz hellroter Rosen, das Schränkchen mit dem Geschirr, das Küchengerät, der eingerahmte Spruch von Marretjes erster Kommunion und die beiden Heiligenbilder aus Porzellan wurden auf den Karren geladen. Und aus dem Hinterhaus brachte Tymen Marretjes Spinnrad fort. Als das von seinem Platz gerückt war und die Tür, die früher nur halb aufging, weit geöffnet stand, schien die Sonne auf eine längliche Vertiefung im Fußboden. Marretjes Mutter und Marretje selber hatten sie beim Spinnen mit dem immer wieder hinuntertretenden Fuß im Stein ausgehöhlt. Wie geistesabwesend starrte der Alte darauf hin, bis Marretje, die ihn schon zweimal gerufen hatte, sanft seinen Arm berührte.

»Komm, Vater.«

Ohne ein Wort ging er langsam zur weit geöffneten Tür hinaus.

In dem »Bunten Stein« war er die ganze Zeit noch nicht gewesen. Zaudernd blieb er am Eingang der mannshohen Stechpalmenhecke stehen und schaute auf den breiten hohen Giebel mit den großen Fenstern unter zierlich gemauerten Bogen, dem bunten Giebelstein, auf dem eine von blauen, roten und gelben Flammen umzüngelte Urne prangte und dem in Zacken gefügten Mauerwerk, das an der Spitze das länglich-runde Dachfenster einfaßte. Das Schilfdach, hügelartig erhöht über der Mitte der Diele, wo das Getreide Raum haben sollte, hing, halb beschattet von zwei gewaltigen Nußbäumen, beinah bis auf die Erde hinab. Der Schornstein glich einem kleinen Turm, so hoch und breit stand er da in seiner Umkränzung von wogendem Efeu. Eine vergoldete Wetterfahne in der Form einer die Posaune blasenden Fama blinkte hoch oben.

»Das ist viel zu schön für unsereins«, murmelte er vor sich hin.

Er fühlte sich erst beruhigt, als er das Haus von innen gesehen hatte, wie verwohnt und verwahrlost es war mit seinen ausgetretenen Fliesen, seinen durch Alter, Rauch und Schmutz geschwärzten Balkendecken und den farblosen, abgenutzten Fenstersimsen und Türen.

Marretje hatte den alten Hausrat, der in den dämmerigen Ecken des weiten Raumes verschwand, schon an Ort und Stelle geschafft und den Kessel in der mit bemalten Ziegeln verzierten Feuerstätte über das Feuer gehängt.

Am besten gefiel ihr in der neuen Wohnung, daß sich dort, wie in keiner anderen Tagelöhnerbehausung, Platz für eine Kuh und Raum für Futter fand.

Tymen schien an sein Allmendrecht nicht im mindesten mehr zu denken. Als sie eines Tages davon zu sprechen begann, meinte er lachend, daß Leuten wie ihnen beiden das Allmendrecht ebenso viel nütze, wie jemandem, der kein Haus besitze, eine Wetterfahne. Er habe es gut mit seinem Verdienst und des Vaters Kostgeld und Marretjes Fleiß und Sorge, nach mehr verlange es ihn nicht. Wenn der Mensch an so vielerlei zu denken habe, werde er nur vor der Zeit alt und verdrießlich.

Marretje dachte um so mehr daran: eine Kuh zu besitzen, das war der Anfang von Geborgenheit und Wohlstand.

Es kam der Tag, da sie fühlte, daß sie Mutter werden sollte. Von dem Augenblick an wollte sie es um jeden Preis. Sie dachte an das Kind.

Während ihrer Arbeit sann sie darüber nach, so lange, bis sie es fest und klar im Kopf hatte, wieviel von ihrem Spinnlohn sie wöchentlich beiseite legen könne, und wie lange sie das tun müsse, um das Geld für ein Kalb zusammen zu haben, das sie großziehen und dann im Herbst verkaufen würde, und wie sie durch stets erneutes Einkaufen und Wiederverkaufen, durch Rechnen und Sparen endlich genug haben würde für eine Kuh und für Futter während der Wintermonate.

Tymen sagte sie davon nichts.

Zwar war er wohl manchmal erstaunt, wenn sie des Abends so spät noch am Spinnrad stand; das war doch jetzt nicht mehr nötig.

Am Sonnabend legte sie mit einem Lächeln der Befriedigung die Hälfte des Lohnes in die heimliche Sparkasse, die Tabaksdose von Tymens Vater, die sie unter Staub und Spinnweben gefunden, wo der »Stille« sie einst hatte liegen lassen.

Im Frühling kam das Kind. Es war ein Knabe, wie sie es gehofft hatte.

Die Nachbarinnen, die kamen, um es zu sehen, erklärten, daß es ein schönes Kindchen sei; eine meinte, daß es »dennoch« auch dem Tymen ähnlich sähe. Mit einem glücklichen Lächeln um die noch blassen Lippen schaute Marretje auf das kleine runzelige Gesichtchen, das auf ihrem Arm lag.

»Das will ich glauben.«

Der Sommer war lauter Sonne und Südwind. Sie saß mit Fokje – so war er nach Tymens Vater getauft, der Volkert geheißen hatte – im Garten.

In den viereckigen, mit Buchsbaum eingefaßten Beeten blühten die orangefarbenen Kaiserkronen und violette und hellrote Akeleien, die leicht an den geraden Stengeln hingen, und die Tausendschönchen, bunt gesprenkelt und gestreift, in Mengen. In einem Kranz graublättriger Grasnelken stand in der Mitte ein großer Lilienstock, aus dem sich eine Garbe schwerknospiger Blumenstengel erhob. Die Sonne schien darauf, die grünen Knospen wurden weiß und öffneten sich. Einem leuchtenden Sommerwölkchen gleich strahlten die vollen, von reifen Staubfäden golden besprenkelten Kelche. Sie durchdufteten den ganzen Garten. Trunken vor Süße taumelten die Bienen um sie her, ein Aufleuchten gelber Körperchen und durchsichtiger Flügel.

Längs der Stechpalmenhecke, daran die jungen Triebe sich mattgrün von dem glänzenden Schwarz abhoben, hüpften, hurtig wie Wasser, die Amselpaare, die nach Futter pickten. Immer wieder flog das schwarze Männchen oder das braune Weibchen mit einem Schnabel voll zu den zwitschernden Jungen im Neste unter dem Dach.

Marretje suchte ein Plätzchen unter den grünen und goldenen Zweigen des Nußbaumes, wo Fokje es gut hatte, geschützt vor Sonne und Wind. Auf einen Sonnenfleck starrend, der auf den durchsichtigen Blättern tanzte und verschwand, lag er da und gab kleine zufriedene Laute von sich. Sie schaute in seine braunen Augen herab, in deren heller Iris dunklere Fleckchen sich zeigten. Mit der Spitze ihres Zeigefingers streichelte sie sanft die blaue Ader an der Schläfe, die in dem schon dichter werdenden Haar verlief.

Fokje wollte trinken; ungeduldig begann er plötzlich zu schreien; sie nahm ihn an die Brust.

Wenn sie so mit ihm saß, das steif eingewickelte Körperchen im gebogenen Arm, und die Füßchen von ihrer anderen Hand umschlossen, und wenn sie dann an ihrer straff gespannten Brust, nach der seine Händchen unbeholfen tasteten, das Saugen und Ziehen des gierigen kleinen Mundes fühlte, dann ward es ihr zumute, als ob mit der Milch ihr ganzes Wesen in ihr Kind hinüberflösse. Und immer noch mehr hätte sie ihm von sich geben mögen. Nichts mehr wollte sie behalten. Sie war nicht mehr da, sie war nur noch Nahrung und Schutz für ihn.

Gesättigt ließ er ihre Brust los; er lag schläfrig da, ein weißer Tropfen Milch hing noch am Rande des geöffneten Mündchens. Kaum atmend, aus Furcht ihn aufzuwecken, blieb sie da sitzen. Die Vögel zwitscherten um sie her, die Bienen summten, ein einlullendes Säuseln kam und ging durch die Blätter des Nußbaumes. Seine Augen schlossen sich; er schlief.

Wenn sie ihn behutsam auf sein Bettchen getragen hatte, setzte sie sich daneben und begann für ihn zu nähen.

Sie war nicht geschickt mit der Nadel; das wenige, was sie davon gelernt hatte in der Klosterschule, wo sie, für die nicht bezahlt wurde, öfter hinter den anderen zurückstehen mußte, hatte sie zum großen Teil bei der Arbeit im Hause und auf dem Felde wieder vergessen. Flicken und Ausbessern, das war schon das Höchste, wozu sie es je hatte bringen können. Aber sie mühte sich so sehr und so anhaltend, daß sie endlich doch die kleinen Kleiderchen zustande brachte.

Sie hatte Fokjes Bett so gestellt, daß sie ihn, wenn die Tür nach der Diele geöffnet war, von ihrem Spinnrad aus sehen konnte. Während sie ihre Augen zwischen dem sich stetig drehenden Knäuel und ihm hin und herschweifen ließ, spann sie die sich selbst gestellte Aufgabe ab. Ganz anders war das jetzt als früher. Es war, als ob in ihrem Kopf alles weiter würde, sich öffnete und von Licht erfüllt ward. Verschwunden war das Heute und das Morgen, weit hinaus in der Ferne, in der Sonne ereignete sich allerhand Glückliches für Fokje. Er war ein kräftiger Knabe mit klaren Augen und roten Wangen, er war ein strammer junger Bursche, der seine Sense schwang durch das dichteste Poldergras, der seine eigene Kuh melkte in der Allmend ...

»Wenn wir doch nur eine hätten,« dachte sie sehnsüchtig. Es währte wohl lange damit.

Immer wieder war es etwas anderes, das fehlschlug. Entweder forderten die Bauern einen zu hohen Preis für das Kälbchen, oder sie selbst konnte für das großgezogene auf dem Markt nur einen zu niedrigen erzielen; das Futter war teuer, oder das Tier wollte nicht gedeihen. Ein andermal wieder hatte sie in der Weberei nicht soviel Lohn erhalten wie sonst, da sie, weil Fokje viel Zeit und Sorge kostete, nicht genug spinnen konnte. Als er zu zahnen begann, mußte sie auch hin und wieder den Arzt kommen lassen und Arzneien kaufen, wofür sie in die heimliche Sparkasse greifen mußte, weil sie vom Wirtschaftsgeld nichts entbehren konnte. Und eine Zeit lang hatte Vater keine Arbeit, da der Patron, der seinen Vorrat nicht absetzen konnte, keine Decken mehr weben ließ.

Marretje begann schon den Mut zu verlieren, als ein unerwartetes Glück ihr zu Hilfe kam; Tymens kinderlos verstorbener Onkel hinterließ ihm ein schönes Stückchen Ackerland in der Nähe von Wymenes, und am nächsten Tage kam Bauer Plugge und bot dreihundert Gulden dafür.

Das Stück lag zu weit entfernt, als daß sie es selbst hätten bebauen können; dreihundert Gulden – Plugge legte die Banknoten auf den Tisch – soviel hatte Tymen noch nie zusammen gesehen. Er wollte sogleich zuschlagen.

Marretje hielt ihn zurück.

Sie kannte den Bauern gut genug, um zu wissen, daß er den wirklichen Wert nicht bot. Sie sagte, daß sie den »Kirmeskuchen« nicht verkaufen wollten; so hieß der Acker, weil er in der Franzosenzeit um einen Kirmeskuchen gekauft worden war. Der reiche Bauer schlug mit der Faust auf den Tisch, so daß der Kaffee aus den Schalen spritzte und rief fluchend, daß er mit Frauensleuten keine Geschäfte mache, und Kettingmakers flüsterte ihr ängstlich zu, sie solle doch nur ja vorsichtig sein, denn wenn er zornig werde, sei ja alles verloren. Marretje aber blieb fest.

Gleich, als ob er sie weder sähe noch höre, begann Plugge von neuem mit Tymen. Er setzte den Kirmeskuchen herab. Das sei kein guter Ackerboden, so wie anderer Ackerboden in Wymenes, gar nicht daran zu denken, aber das Feld läge bequem in der Nähe seiner eigenen Äcker dort drüben, und darum wolle er es wohl nehmen.

Tymen schaute Marretje an und schüttelte den Kopf. Das Bieten und Feilschen begann und währte beinah zwei ganze Stunden, bis Plugge mit einem barschen Wort davonging.

Großvater – Marretje nannte ihn nicht anders mehr seit Fokjes Geburt – murmelte ängstlich, daß er jetzt sicherlich keine Arbeit mehr von Plugge bekommen würde, und wäre dem Bauern am liebsten nachgelaufen, wenn Marretje ihn nicht zurückgehalten hätte.

Am nächsten Tage kam er wieder und dann zum drittenmal. Endlich bot er im Austausch für den Kirmeskuchen einen größeren Acker unterhalb Holthum und fünfundvierzig Gulden obendrein.

Der Acker lag neben Kettingmakers Kartoffelfeld; Plugges Pflüger und Pferde zertraten das Gewächs beim Ackern stets jämmerlich; es war ein großer Vorteil, zwei aneinander grenzende Grundstücke zu besitzen. Großvater stieß Tymen an.

Marretje rechnete aus, daß sie für fünfzig Gulden und den Verkauf ihres Kälbchens eine Färse bekommen könnten, eine, die während des Sommers in der Allmend weiden und im folgenden Jahre kalben und Milch geben würde. Tymen war schon im Begriff, in Plugges hingestreckte Hand einzuschlagen, als sie fünf Gulden über das Gebot forderte. Plugge begann zu schelten; sie gab nicht nach. Endlich siegte sie.

Sie und Tymen gingen zusammen, um eine schöne Färse auszusuchen. Die großen Bauern – zu den Kätnern gingen sie nicht, weil sie die Güte ihres Viehes bezweifelten – behandelten sie ein wenig kurz angebunden und von oben herab. Marretje ließ sich nicht aus der Fassung bringen. Sie fand endlich, wenngleich für etwas mehr Geld, als sie wohl gern gegeben hätte, ein schönes Tierchen, schwarz, mit einer sternförmigen Blässe auf der Stirn und von so glattrundem Bau, »daß kein Wassertropfen auf ihm stehen bleiben konnte«. Am Abend vor dem Austreiben sollte Tymen kommen und es holen.

Zum erstenmal in seinem Leben ging er jetzt zu der Versammlung der Allmendberechtigten.

Sie dauerte lange. Marretje, die vor ihre Tür trat, um auszuschauen, hörte, daß eine Menge Leute vor dem Wirtshaus »Zum Grauschimmel« standen, wo die Versammlung abgehalten wurde, und daß drinnen geschrien und mit der Faust aufgeschlagen wurde.

Einer, der später kam, wußte zu erzählen, daß es zwischen der Partei der reichen Bauern mit ihrem Anhang und dem großen Haufen der Mitberechtigten, die aus Handwerkern und Arbeitern bestand, zu Zwistigkeiten gekommen sei.

Die Bauern hatten den Vorschlag gemacht, auf den fruchtbarsten Teil der Allmendwiesen – den Kloosterkampen – nur milchgebende Kühe und ihre, dem gleichen Besitzer gehörigen Kälber zuzulassen; das beschränkte die Rechte der kleinen Besitzer, die nur ein einziges Kalb für den Markt mästeten, auf den dürftigen Holthumer Winkel und die verwahrlosten Marschfelder, wo niemals Vieh weidete. Sie schrieen, daß diese Anordnung, mit der die Partei der Reichen sie überlistet habe, widerrechtlich sei; die Reichen wollten, daß es durch Stimmenmehrheit entschieden werde.

Inmitten einer Gruppe finster dreinschauender murrender Männer kam Tymen endlich zurück; er und die Seinen hatten verloren. Was war sein Allmendrecht nun noch wert?

Marretje tröstete ihn; es sei ja nur für ein Jahr; im nächsten Sommer, wenn alles gut ginge, würde Bles ein Kälbchen haben und sie könnten dann zwei Tiere in die Kloosterkampen schicken.

Er antwortete nicht. Da sie wohl sah, wie sehr ihn die Sache verdroß, trieb sie selber, als der Sammeltag kam, das Kalb in die Allmend.

Das erste Licht erhellte den Himmel, als sie Bles zur Stalltür hinausließ; kein Sonnenschein noch, aber die farblose Klarheit, die ihm vorangeht. Die Luft war kühl und rein wie Tau und ohne den leisesten Duft; regungslos standen an den luftig herabhängenden Zweigen die glänzenden Birkenblättchen ausgebreitet, das weiß betaute Gras lag danieder. Das schwarz- und weißgefleckte Kalb stand einen Augenblick verwirrt da in der Dunstwolke, die von seinen warmen Flanken und aus seinen geblähten Nüstern aufstieg. Ein starkes Brüllen erschütterte die Luft in nächster Nähe; von drei, vier Seiten erscholl es, wie ein Echo; es streckte den Kopf vor und antwortete mit seiner jungen Stimme. Springend galoppierte es den Weg hinunter.

Hinter den Hecken kamen von rechts und links die Kühe daher.

Aus den großen Bauerngehöften, die gleich Festungen innerhalb ihres Walles von Linden und Eibenbäumen geborgen lagen, brachen sie hervor, zu sieben und achten gleichzeitig, der größten Anzahl, die das alte Allmendgesetz gestattete; aus den Behausungen der Kätner waren es höchstens drei oder vier; einzelne Tiere, meist Kälber, kamen aus den Hintertüren der Arbeiterwohnungen.

Die großen schwerfälligen Tiere, die, durch den im Stall verbrachten Winter abgestumpft, erst unbeweglich auf dem Hof stillgestanden hatten oder verwirrt hin und herirrten, wurden in der frischen, kühlen Maimorgenluft plötzlich lebhaft. Sie trabten, sie ließen ihre starken Stimmen durch die Luft erschallen. Mit schiefem Schwanz galoppierten die Kälber ins Feld hinein, machten plötzlich Seitensprünge, standen einander mit gesenktem Kopf gegenüber und jagten davon, wenn die Knaben schreiend und ihre Birkenzweige schwingend, auf sie zukamen. Die Knaben machten sich einen Scherz daraus, die jungen, ausgelassenen Tiere, die plötzlich wie gebannt still standen und dann an ihnen vorüberschossen, um in entgegengesetzter Richtung davon zu galoppieren, auf dem weitesten Umweg zur Herde zurück zu treiben.

Stets größer wurde diese. Hinter den Tieren kamen Männer mit knorrigen Stöcken und Frauen und Kinder mit grünen Zweigen in der Hand. Der eine sah sich die Tiere des andern auf ihre Wohlgenährtheit und ihre Sauberkeit an; daran noch mehr als an dem Aussehen des Treibers ließ sich die Wohlfahrt des Gehöftes erkennen und die Ordnung, die die Frau darauf hielt. Ein Mädchen von etwa vierzehn Jahren in halb städtischer Kleidung, mit einem roten Band in den ungleichmäßig gelben Zöpfen, trieb ein knochiges und mit Schmutzkrusten bedecktes Tier vor sich her. Eine noch junge Frau, die alt erschien, weil ihre zahnlosen Kiefer schon eingefallen, lief atemlos hinter zwei Kälbern her. Da waren junge Burschen in blauen Kitteln, die vor lauter Neuheit glommen, und hier und dort ein vereinzelter Handwerker in Hemdsärmeln und Stiefeln oder Pantoffeln inmitten all dieser Bauern, die auf Holzschuhen gingen. Die reichen Bauern hatten zumeist ihre Knechte geschickt, vielleicht, weil sie Streitigkeiten befürchteten, denn nach der Versammlung, in der sie, obwohl in einer kleinen Minderheit, dank sei der Unterstützung ihres zahlreichen Anhanges in der Verwaltung und unter den mit ihnen verwandten und befreundeten oder durch Armut von ihnen abhängigen Allmendberechtigten, ihren Willen durchgesetzt hatten, war es im Dorf zu heftigen Auftritten gekommen. Und von den kleinen Besitzern sah mehr als einer Bauer Plugge schief an, der, die Pfeife im Munde, mit gleichgültiger Miene zwischen den acht vor Wohlgenährtheit glänzenden Tieren herschritt, die von seinem Sohn und seinem Knecht getrieben wurden.

Die Sonne ging auf, als die Vordersten der Truppe in den langen, geraden Baumweg einbogen, der auf den Holthumer Zugang der großen Wiese hinführt. Durch die dichten Tannen und die zarten Birkenzweige fiel das rote Licht schräg und in stetem Wechsel auf die scheckigen Tiere; Sonnenglanz und Schattendunkel, Flecken Weiß und Flecken Schwarz und Flecken Rot und Flecken Fahl sprangen hin und her, so daß es schien als trabe die Kuhherde. Sie ging, im Gegenteil, langsamer, zusammengestaut in der Enge des hohlen Weges.

Bles sah plötzlich ihre Mutter inmitten all der Kühe aus ihrem Stall: sie drängte zu ihr hin. Der Bauer gab ihr, wütend, mit seinem Knüppel einen Schlag quer über die Augen. Sie konnte nicht mehr zurück, zwischen den vorwärts drängenden Tieren festgeklemmt. Indem er Marretje, die, ängstlich, weder vor- noch rückwärts konnte, mit Flüchen und Schimpfworten überhäufte, begann er blindlings drauf los zu schlagen, als ein plötzlicher Ruck ihn von den Füßen hob; die vordersten Kühe, die zusammengestaut vor dem Schlagbaum gestanden hatten, wo die Allmendwächter das Brandmal auf ihren Hörnern prüften, brachen durch die geöffneten Gitter in die Wiese ein.

Als Marretje, nachdem sie immer wieder gestoßen und vorwärts gedrängt worden war, endlich mit Bles vor den Schlagbaum gelangte, wies der Allmendwächter mit dem Daumen über seine Schulter hinweg nach einem neu gezimmerten Gitter über einem Damm: es bildete den Eingang zu den Marschfeldern und dem Holthumer Winkel. Mit einem Schlag auf die Flanken jagte ein zweiter Wächter das Kälbchen hindurch auf das sich nach der See zu hinabsenkende Weideland.

Einige andere junge Tiere liefen dort schon herum. Die Besitzer standen vor dem Gitter auf dem Damm und sprachen murrend über die zugewachsenen Gräben und den schlechten Boden.

Das Seewasser, das in jedem Winter noch wochenlang, nachdem es von dem höher gelegenen Land abgelaufen, hier stehen geblieben war, hatte die Wiese allmählich in einen sumpfigen Strand umgewandelt. Zwischen dunklem rauhem Gewächs, das die grasenden

Tiere mieden, schimmerte nasser Meeressand und das Weiß zertretener Muscheln.

Aus ihrem Nest aufgescheuchte Möven flatterten mit schrillem Schrei über eine mit Halm bewachsene Sandbank. Hier und dort lagen noch Haufen halb vergangenen Tanges.

Während sie schweigend den bekümmerten Worten der Männer lauschte, pflückte Marretje etwas von dem Gras auf der Weide. Sie hatten Recht: es war dürr und schlecht, aber die Weide war ja so groß, vielleicht gab es auch bessere Strecken darin.

Die Sonne stieg über die Eibenbäume und Pappeln auf den hohen Erdwall der großen Weiden; ein kleines Kalb, das an der Sandbank entlang graste, hob sich glänzend vom blauen Himmel ab. Auf dem Damm des Kloosterkamp graste eine braune Stute, deren zottiges Füllen während des Gehens gierig an dem dunklen Euter sog.

Marretje, die wie stets bei allem, was sie tat oder erlebte, an Fokje dachte, lächelte froh und hoffnungsvoll, ohne es zu wissen.

V.

Fokje war jetzt vier Jahre alt.

Mit seinem feinen, beinahe farblosen Gesichtchen, seinen sanften Augen und seinem zarten Körperbau, schien er fast ein Mädchen. Auch in seiner Art sich zu geben hatte er etwas Mädchenhaftes. Am liebsten war er bei der Mutter. Vor den anderen Kindern im Hause schien er sich zu fürchten.

Der Tagelöhner, der in der Wohnung ohne Tür hauste, hatte deren fünf. Die drei Großen, von acht, neun und zehn Jahren, waren fast niemals zu Hause. Wenn sie aus der Schule kamen, aßen sie geschwind, dann mußten sie sich mit dem Hundekarren auf den Weg machen, um im Dorf Petroleum zu verkaufen; am Abend erst kamen sie zurück. Die beiden kleinen Vierjährigen, Zwillinge – zwischen ihnen und den anderen waren ein paar gestorben – wurden des Morgens aus dem Fenster hinausgehoben und in den Garten gesetzt; die Mutter hatte keine Zeit, sich nach ihnen umzusehen.

In der Familie des Maurers gab es ihrer sieben, zwischen zwei und zwölf; das älteste, ein Mädchen, das eben erst aus der Schule gekommen war, wartete das Kleinste, die übrigen blieben so ziemlich sich selber und einander überlassen. Die ganze Kinderschar spielte, krabbelte, balgte sich und schrie durcheinander; Fokje verkroch sich vor ihnen hinter Mutters Röcken.

Sie wollte nicht, daß er bei ihr blieb, während sie spann; sie fürchtete, daß die stäubenden Fasern ihm schaden könnten; Frau van Walsum, die ein paarmal auf den »Bunten Stein« gekommen war, um zu berichten, wie es dem Stillen in seiner Anstalt erging, hatte sie eindringlich davor gewarnt. Sie brachte ihn in den Garten an eine Stelle, von wo aus er sie durch die offene Dielentür sehen konnte und wo er hinter einer Hecke alter dürrer Stachelbeersträucher vor den anderen sicher war. Dort mochte er wohl sein. Er pflanzte Gärtchen in den Sand, aus Goldblumen und Tausendschönchen, mit weißen und roten Nelken gleich einer Hecke rings herum, und an den Ecken statt Bäumen steile Spiräenblüten. Der alte Karrenhund des Tagelöhners, dem die Kinder auch zu ungestüm waren, leistete ihm in seiner freien Zeit Gesellschaft. Den Kopf zwischen den Pfoten lag er neben dem kleinen Knaben und ließ die Sonne auf seine durch den Gurt kahl geschabte Haut brennen, bis er vor Hitze keuchte. Wenn Fokje aufstand, ging er mit. Nebeneinander schlenderten sie über die schmalen, mit Schatten und beweglichen Sonnenflecken überstreuten Pfade, von dem Vorgarten bis zum Gitter. Marretje hatte das aus Bohnenstöcken und ein paar alten Brettern zusammengezimmert und an großen Tauschlingen, die Angel und Schloß ersetzen sollten, am Eingang der Stechpalmenhecke aufgehängt, am Tage, nachdem zum erstenmal das Automobil von Hartestein den Weg heruntergesaust war. Der alte Hund streckte sich seufzend wieder hin; Fokje legte die Hände um die Speiler und schaute über den Weg. Meistens war der öde und verlassen. Ein einzelner Vorübergehender, ein Arbeiter, müde wohl von seinem Tagewerk, oder eine humpelnde Alte, sie alle, die Kinder sonst nicht sehr zu beachten pflegen, nickten dem blonden Bübchen zu, das durch die Speiler schaute, wie ein Zeisig durch die Gitter seines Käfigs.

Marretje rief ihn, um ihm seine Milch zu geben. Jeden Tag holte sie ein Maß bei Bauer Plugge, denn Ziegenmilch wollte er nicht. Es kostete sie stets Mühe, ihn auch nur den einen Becher austrinken zu lassen; der Hund mußte auch was haben, bevor er anfangen wollte. Er mußte es sehen, daß sie in die Schüssel mit Schwarzbrot und Wasser, in die das Tier begierig seinen großen Kopf steckte, einen kleinen Schuß hineingoß.

Die Kinder des Tagelöhners kamen, um Kees für die Petroleumkarre abzuholen; Fokje begann zu weinen, Marretje tröstete ihn mit bunt verzierten Sprüchen aus ihrem Meßbuch und vielfarbigen Reklamebildchen, die Zwaantje van der Scheer ihr im Laden gab.

Eines Tages brachte ihm Frau van Walsum ein Bilderbuch, aus dem sie ihm allerhand Geschichtchen erzählte. Damit konnte er lange Zeit in einem Winkel sitzen, indem er leise vor sich hinredete.

Wiewohl er sich den ganzen Tag so still verhielt, bemerkte Marretje doch des Abends, wenn sie ihn auszog, oft, daß sein ganzes Körperchen feucht war. Sie machte sich darüber Sorgen.

Tymen fand es so schlimm nicht; das käme ja nur daher, weil sie den Jungen zu warm anzöge bei dem Sommerwetter und in jeder Beziehung so verweichliche. Er solle lieber mit den anderen gehen, das tauge einem Knaben besser, als an Mutters Röcken zu hängen und ganz allein mit einem Buch dazusitzen.

Sie sprach nicht mehr darüber und nahm sich sogar in acht, damit er ihr die fortwährende Besorgnis um das Kind nicht anmerke. Wenn er von der Arbeit heimkam, mußte er ein fröhliches Gesicht sehen, das kam ihm zu.

Seine Tage waren lang. Um halb sechs begann die Arbeit in der Weberei: von zwölf bis zwei war Vesperzeit; dann begann es von neuem bis halb acht. Sein einstiger Kamerad war im Frühjahr als Teppichweber entlassen worden, weil er nicht mehr kräftig genug dazu war und hatte auf dem Speicher des Arbeitsraumes, wo auch der alte Kettingmakers saß, angefangen, Kuhdecken zu weben. An seine Stelle war ein neuer gekommen, ein junger Kerl, stark wie ein Pferd. Ihm war es wohl anzusehen, daß er nicht aus Holthum kam, solche Schultern hatte er und solch ein paar Fäuste. Der ganze Arbeitsraum dröhnte vom Boden bis zur Decke, wenn er beim Weben war. Mit ihm verdiente Tymen wöchentlich wohl zehn Stuiver mehr, als mit dem andern. Das Zusammenarbeiten mit diesem kräftigen Kameraden kam ihm gut zustatten, nun, da die Fabrik eine so große Bestellung für das neue Inspektorhaus auf Hartestein erhalten hatte.

Herr van Walsum hatte sich für die Meierei ein großes Terrain dazu gekauft; der »Kirmeskuchen« lag mitten darin. Plugge, der rechtzeitig um den vor allen geheim gehaltenen Plan gewußt, hatte für den Acker mehr als das Dreifache der an Tymen bezahlten Summe erhalten. Als sich nach Entdeckung dieses Streiches sein erster Zorn gelegt hatte, dachte Tymen nicht mehr daran. Marretje aber kostete es Mühe, darüber wegzukommen, bei dem Gedanken, daß sie sonst schon eine Kuh haben würde in den Kloosterkampen, anstatt der Färse, die auf dem sumpfigen Marschfeld doch nicht zu ihrem Recht kommen konnte.

Der Sommer war regnerisch; die verwahrlosten und zugewachsenen Gräben liefen über. Und als eines Sonntags die Leute hingingen, um nachzusehen, fanden sie die mageren jungen Tiere in einem Morast umherirrend. Es war notwendig, daß sie auf eine gute Wiese gebracht wurden. Aber die Wymenesser Bauern forderten ein so hohes Pachtgeld für ihre Wiesen; einzelne Kätner scharrten das

Geld zusammen, die Arbeiter rechneten und schoben es hinaus, Tymen sowohl wie die anderen.

Eines Abends kam er während eines Platzregens von der Arbeit heim; im Schornstein ächzte der Wind. Er blies aus Nordwest. Unruhig horchte Marretje: wenn das einen Sturm gäbe und die See die tief gelegenen Wiesen überschwemmte!

Tymen, der zähneklappernd seine triefend nassen Kleider auszog, antwortete, daß die großen Bauern ihr Vieh auch draußen ließen, es drohe keine Gefahr. Der Regen rauschte, endlich legte sich der Wind.

Aber in der Nacht erwachte Marretje durch ein Getöse, wie von Donnerschlägen und brausendem Meer, durch das Gebrüll einer ganzen Herde geängsteter Tiere.

Es wurde an die Tür geklopft: sie sprang aus dem Bett. Der hineinpfeifende Stoßwind schlug ihr die Tür aus der Hand, als sie sie öffnete. Im Schein einer Laterne sah sie das nasse, glimmende Gesicht eines Nachbarn.

»Sie ist gekommen!« rief er.

»Sie«, das war die Zuyderzee.

Sie konnte Tymen nicht wach bekommen; er lag da wie ein Toter. Als sie ihn endlich aus dem Bett heraus hatte, sank er auf einen Stuhl und starrte wie geistesabwesend vor sich hin. Da war keine Zeit zu verlieren. Sie fuhr in die Kleider, den Rock vom Vater zog sie noch drüber, griff nach einem Strick und eilte, indem sie gegen den Wind ankämpfte, nach der Allmend.

Es begann schon zu tagen; vor sich her sah sie andere gehen, gebückt und keuchend, wie unter einer Last. Ächzend bogen sich die Bäume am Wege, und warfen ihre Zweige, so daß die matte Unterseite des Laubes sich aufwärts kehrte. Der Regen schlug hernieder gleich Gischt sprühenden Wogen einer sturmgepeitschten Flut. Es war als käme das Meer selber daher.

Marretje konnte sich nicht mehr auf den Füßen halten; zwei Männer, die hinter ihr her kamen, nahmen sie in ihre Mitte, jeder an einem Arm. Zu dreien kämpften sie sich vorwärts. Es dauerte beinahe zwei Stunden, ehe sie die Allmend erreichten.

Eine brüllende Herde stand vor dem großen Zauntor zusammengedrängt; und aus der Ferne kamen Trupps von Tieren daher, aufgescheucht durch das wachsende Wasser, das den niedriger gelegenen Teil der Kloosterkampen bereits überschwemmt hatte. Hinter dem Deich lag das Marschfeld, wie die hohe See. Ein kurzer Wellenschlag warf die herausragenden Spitzen der Sträucher hin und her, ein ausgerissener Baum trieb dazwischen, seine schwarzen Wurzeln reckten sich leichenstarr in die Höhe. Durch das Brüllen des Orkans und des Meeres hindurch schrie jemand: »Vielleicht sind sie in dem Holthumer Winkel, der liegt etwas höher!«

Die Männer strengten ihre Augen an, ob sie auf den fernen Ausläufern der unter dunklen, ausgefranzten Wolken weißlich schimmernden Dünen ihr Vieh auch irgendwo entdecken könnten. Einer rief, daß er etwas sich bewegen sähe. Sie gingen und suchten unterwegs die Deichabhänge ab. Keiner sprach. Marretje, der die Kehle vor Angst wie zugeschnürt war, glaubte jeden Augenblick das Weiß und Schwarz der ertrunkenen Färse auf dem glucksenden Wasser schwimmen zu sehen.

Zwei von den Männern fanden ihre Tiere, das eine halb schwimmend, halb am Deich entlang watend, das andere in einem von Brombeerranken durchwucherten Weidengestrüpp verstrickt, das aus dem Wasser herausragte. Eine Strecke weiter rief ein Dritter, daß er das seine habe, beinah ertrunken, aber doch noch lebend. Auf der niedrigen Düne des Holthumer Winkels irrten etliche umher.

Bles war nicht dabei.

Ein Arbeiter, der auch sein Kalb nicht gefunden hatte, sagte mit schwerem Seufzer, daß die mutterlosen Tiere wohl ertrunken sein mochten; auf der großen Wiese liefen die Kälber mit der Mutter mit, die sie in Sicherheit bringe, diese aber seien gewiß in ihrer Angst und Verwirrung in das Meer hineingerannt.

Marretje antwortete, daß sie es noch nicht aufgeben könne. Weiter hinab gäbe es noch mehr Dünen und hügeliges Land. Bevor sie nicht alles abgesucht habe, wolle sie nicht heim. Er folgte ihr, indem er gegen den Sturm und den peitschenden Regen ankämpfte, mit müden Schritten, die in den Sand einsanken.

An der Landseite der Düne wächst viel Krüppelholz. Marretje durchsuchte jedes Gebüsch. Sie glaubte jedesmal im nächsten etwas Buntes sich durch die Zweige bewegen zu sehen. Dann kehrte sie wieder zurück zum Strand, lief auf die Hügel, von wo aus sie die fernsten Fernen sehen konnte und rief gegen den Wind, wenngleich sie wohl wußte, daß Bles ihre Stimme nicht kannte. Hin und wieder standen sie plötzlich vor Wasser, so daß sie entweder waten oder einen weiten Umweg machen mußten. Endlich sagte der Arbeiter, daß er umkehren wolle; er müsse an die Arbeit, und das Kalb sei doch nicht mehr zu finden.

Sie ging allein weiter.

Ab und zu begegnete sie ein paar Bauernknechten und Arbeitern aus Valkenswaard, die auf die Äcker gingen. Verwundert blickten sie der Frau in den triefenden Kleidern und dem Mannsrock nach, die sie angehalten hatte, um zu fragen, ob sie nicht irgendwo eine scheckige Färse mit einer Blässe auf der Stirn gesehen hätten, und die solch ein blasses Gesicht hatte unter dem verregneten Haar, und so starre Augen. Bei den ersten Häusern des Dorfes sah sie eine Gruppe Menschen stehen; sie hörte etwas von einem Kalb und von »aus dem Wasser geholt«, drängte sich durch die Gruppe und sah ein falbes junges Tier, tot und schlaff auf einem Karren. Vielleicht war es wohl das Kalb des Arbeiters.

Sie fragte die Männer aus, die es gefunden hatten.

Ein Fischerknecht in Öljacke und Wasserstiefeln kam daher, stand still, als er ihre Fragen hörte und sagte, er habe unterwegs eine Kuh brüllen hören, aber nichts gesehen, es habe so geschienen, als käme der Laut über das Wasser daher.

»Wo?« Marretje schrie es beinahe.

Er sagte, daß er sie an die Stelle führen wolle.

Es war ein weites Ende zurück in der Richtung, aus der sie gekommen war, dann ging der Fischer zwischen niedrigen, dunklen Häusern hindurch und an Schuppen entlang, wo Reusen aufgestapelt lagen und Netze hingen; das Wasser glänzte dazwischen auf, dann ward es wieder grün; sie schritten über eine Wiese, wo Pferde grasten und kamen an einen Deich, der schräg nach dem Wasser abfiel; auf dessen Höhe machte der Fischer Halt.

»Da ist es wieder!«

Der bange Laut erklang aus nächster Nähe: er schien mitten aus der Flut zu kommen. Drei Weiden streckten ihre vom Wind gerüttelten Zweige daraus empor, etwas blendend Weiß-Schwarzes kam zum Vorschein und war auch sogleich wieder im Grün verschwunden. Wiederum bogen sich die Zweige auseinander, der Kopf einer bis an den Hals im Wasser stehenden Kuh ward deutlich sichtbar. Der Fischer ging zum Hafen zurück; einige Augenblicke später sah ihn Marretje mit einem Kameraden auf die Weiden zurudern. Sie brachten die Kuh an Land. Es war Bles.

Marretje wußte nicht, wie sie es den Fischern danken und was für einen Lohn sie ihnen versprechen solle. Die aber sagten, dafür brauche es keinen Lohn, so viel müsse ein jeder Mensch für den andern übrig haben, wenn er ihn in Not sähe.

Halbwegs Holthum kam Tymen ihr entgegen; sie hatte ihn nicht erkannt aus der Ferne, so langsam ging er, so schwerfällig und gebeugt, wie ein alter Mann. Er war blaß und seine Augen lagen tief in ihren Höhlen, gleich als wäre er es gewesen, der die vier Stunden lang gegen Sturm und Regen angekämpft. Er schien nicht so recht zu wissen, was sich in dieser Nacht ereignet hatte. Der Arbeiter, der mit Marretje gegangen war, hatte ihm gesagt, wo sie hin sei und hinzugefügt, es sei doch alles verlorene Mühe und Bles müsse ebenso sicher ertrunken sein, wie sein Falbes.

Die Färse erkrankte.

Die Hausmittelchen, die ein Bauer verabfolgte, der sich auf solche Dinge verstand, halfen nicht. Der Vieharzt wurde dazu geholt, er sah sich das trächtige Tier an und riet achselzuckend, man solle es verkaufen, bevor es so mager würde, daß niemand es mehr wolle. Plugge, der davon gehört hatte, bot ein paar Gulden, es würde ja doch wohl verenden. Marretje ging von der Diele weg, um es nicht mit ansehen zu müssen, wie er Bles einen Strick um die Hörner schlug und sie zum Stall hinausführte.

Im Dorf waren die Zeiten schlecht; viele kleine Bauern mußten ihr Vieh abschaffen; unter den Handwerkern und Arbeitern hatte keiner mehr das Seine. Bekümmert sahen sie auf dem Acker den Roggen, der sich gelagert hatte und sich nicht mehr aufrichten wollte und das Kartoffellaub, das schon zu welken begann, während die Knollen soeben erst angesetzt hatten.

Gleich einer Nachwelle der Flut, die die Strandweiden überschwemmt hatte, zog über das Land ein dünnes Nebelmeer, das flutete und ebbte und wieder flutete, bis es über die naßdunklen Schilfdächer des Dorfes und über die Bäume hin anschwoll, den tief herabhängenden, regenschweren Wolken entgegen. Wie auf dem Boden eines durchsichtig hellgrauen Gewässers zeigten sich die Dinge, undeutlich und treibend, farblos. Von den gleichsam rauchumhüllten Bäumen sank lautlos das fahle Laub herab; ein Gestank von Fäulnis hing über den Äckern. Das Schwirren der auffliegenden Spatzen und Stare, die in Schwärmen über den Buchweizen herfielen, bildete das einzige Geräusch des Tages. Es waren viele Kranke im Dorf.

Auch Tymen ging es nicht gut.

Wenn Marretje ihn fragte, was ihm doch fehle, antwortete er, es sei nichts und würde schon besser werden, wenn es nur erst einmal wieder gutes Wetter gäbe. Sie blickte verstohlen auf sein immer spitzer und fahler werdendes Gesicht, kaufte eines Tages, mitten in der Woche, Fleisch und nahm ihm aus der Hand, was sie nur konnte. Allein – denn mit dem Großvater wollte es so recht nicht mehr gehen seit dem letzten Winter – grub sie die Kartoffeln aus und spatete den Acker um. Sie wollte es sogar nicht mehr dulden, daß er ihr Garn mitnahm nach der Fabrik, so wie er es von Fokjes Geburt an stets getan, und gab sich den Anschein, als sei sie noch nicht fertig mit der Arbeit, als er an jenem Samstag danach fragte, damit er nicht merke, wie sehr sie ihn schonen wolle; das konnte er nicht leiden.

Als sie mit ihrem Schubkarren zur Werkstatt kam, sah sie von der Tür aus den neuen Kameraden, der neben Tymen auf den Fußhölzern seines Webestuhls auf- und absprang. Rot wie ein Backstein glühte sein vierkantiges Gesicht mit den starken zusammengebissenen Kiefern neben dem grauen Gesicht des Tymen, der mit offenem, hängendem Mund keuchte. Sein Hemd war geöffnet über der rötlich behaarten Brust. Mit seinen zwei knorrigen Fäusten auf der Lade zerrte und stieß er, daß sie hin und her sprang wie ein böser Hund an der Kette. Tymen schien mitgerissen zu werden. Ein Faden brach ab. Ohne sich umzusehen, griff der Neuling hinter seinem Kopf nach dem Bund Fäden, das von dem Balken herabhing, und nestelte, mit Fingerbewegungen, die so fein und behend waren wie die einer Frau, die auseinandergesprungenen Enden zusammen. Noch bevor Tymen sich den triefenden Schweiß aus den Augen gewischt hatte, hielt er seine roten Fäuste mit den gelben Knöcheln schon wieder auf der Lade und hatte, während er aus seinen kleinen, stechenden Augen einen verstohlenen Blick auf seinen Kameraden warf, einen dröhnenden Schlag auf das Gewebe niedersausen lassen. Marretje sah, daß mit großen weißen Lettern auf dem Querbalken des Stuhles geschrieben stand: »Im Fortschritt liegt das Heil« und über und neben Tymens Platz wohl dreimal das Wort: »Faulpelz.«

Am Abend fragte sie Tymen so beiläufig, ob der Patron ihn nun für immer mit Steven van Es zusammengesetzt habe. Er antwortete bejahend und sagte, daß er sich recht darüber freue, des guten Verdienstes wegen. Mit seinem halb spöttischen Lächeln fügte er hinzu, daß er augenblicklich unter der Kälte im ungeheizten Arbeitsraum nicht mehr zu leiden habe. Das Weben mit Steven zusammen sei so gut wie ein rotglühender Ofen im Rücken.

Aber dabei legte er die Hand in die Seite mit einer Bewegung, gleich als wolle er einen Schmerz verdrängen. An Stelle des kleinen Spulknaben, der von seinem Vater heimgeholt worden war, weil er seiner Ansicht nach mit seinen drei Cents pro Stunde nicht genügend bezahlt wurde, hatte er an jenem Morgen selbst die Spulchen aufgewunden und so von der Arbeit durchnäßt, auf dem zugigen Boden hockend, mochte er sich wohl erkältet haben; es sei ihm »wie ein Messer durch den Körper gegangen«.

Am Sonntag morgen konnte er zum Kirchgang nicht aufstehen. Am Montag glühte er und schüttelte sich im Fieber. Er lag beinah drei Wochen krank. Den Arzt hatte er nicht haben wollen. Als der Patron eines Tages kam, um nachzusehen, wie es ihm ginge, erklärte er, ihm sei besser und er werde am nächsten Tage wieder zur Arbeit kommen. Er ging, ohne auf Marretje zu hören.

Drei Tage später kam er mitten in der Arbeitszeit heim. Er hatte einen Blutsturz gehabt. Er sagte, daß es nichts zu bedeuten habe, »weil es nur aus dem Magen käme«; aber plötzlich fing er an zu husten, als müsse er ersticken. Eine Blutwelle quoll ihm aus dem Munde. Marretje rannte zum Arzt.

Es stellte sich heraus, daß er eine Lungenentzündung gehabt habe und noch nicht genesen sei: er mußte zu Bett bleiben.

Der Großvater trat vor ihn hin, sah sich aufmerksam die scharfen grauen Züge an und sagte mit seiner langsamen gleichgültigen Stimme, daß er, wenn er es nicht besser wüßte, sagen würde, Volkert läge da in der Bettstatt, so wie sie ihn vor dreißig Jahren aus der Fabrik heimgebracht hatten. Und den ganzen Tag über murmelte er Erinnerungen an Tymens früh verstorbenen Vater, der sein Kamerad gewesen, als sie beide noch jung waren.

Der Arzt verordnete dem Kranken kräftige Nahrung, täglich Milch, Eier und Fleisch. Wovon sollte das nur bezahlt werden? Marretje traf mit dem Boten von Wymenes ein Abkommen, daß er ihr aus den dortigen großen Roßschlächtereien Fleisch mitbringen solle; er wollte für den Gang nur die Hälfte von dem haben, was er den Bauern anrechnete. Wenn sie das bläuliche Fleisch auf dem Petroleumkocher briet und der prickelnde Geruch bis an seine Bettstatt drang, kam Leben in Tymens matte Züge. Er wandte sich um, – beinah immer lag er mit dem Gesicht der Wand zugekehrt, – und schaute zufrieden zu.

Fokje kam herbei. Er hielt sich an einer Falte von Mutters Rock fest. Seine gierigen Blicke hingen wie gebannt an dem appetitlichen, immer brauner werdenden Stück, das im Fett zischte.

Marretje setzte ihn neben Tymen ins Bett. Und abwechselnd fütterte sie die beiden mit den sorgfältig feingeschnittenen Stückchen. In Tymens Augen trat ein mattes Lächeln, wenn er sah, wie der kleine offene Mund auf den Bissen wartete, gleich einem jungen Vögelchen, dem die Mutter die Nahrung in das aufgesperrte Schnäbelchen steckt.

Eines Tages trat der Arzt ein, während sie gerade damit beschäftigt war. Tymen und Fokje schauten gleichzeitig zu ihm auf: und er blieb stehen, anscheinend erschreckt durch den Anblick der beiden Gesichter, die da so blaß nebeneinander in dem dunklen Bett sichtbar wurden. Mit einer hastigen Bewegung hob er das Kind hinaus.

Als er fortging, nahm er Marretje mit auf die Diele, schloß die Tür und sagte ihr, daß Tymen die Schwindsucht habe und daß sie das Kind von ihm fernhalten solle; es trage ohnedies schon den Keim dazu in sich. Sie blickte ihn an, gleich als habe sie ihn nicht verstanden. In ihren Ohren war ein Sausen wie von einem starken Winde, und ihr ward kalt, kalt bis in das Innerste ihres Herzens.

Weil sie nicht antwortete, dachte der Arzt zunächst an den starren Unglauben und den Widerstand, auf die er in seiner Praxis im Dorf so häufig stieß; und er war im Begriff die Frau, die ihr Kind, ein Kind aus einem Geschlecht von Hungerleidern, das zu einem Geschlecht von Schwindsüchtigen geworden, aus Achtlosigkeit nun auch zugrunde gehen ließ, schroff auf ihre Pflicht zu verweisen. Allein das weiße, steinern-starre Gesicht schaute ihn an mit Augen wie von einer Ertrinkenden. Er legte seine Hand auf Marretjes Arm und sagte sanft, gleich als spräche er zu einem bangen Kinde, daß Fokje jetzt allerdings noch nicht krank sei und daß er es auch niemals zu werden brauche, wenn sie nur gut für ihn sorge; es seien doch schon so viel zarte Kinder zu kräftigen Menschen herangewachsen.

Ein Blutschimmer kehrte in ihre Wangen zurück.

Er wiederholte nachdrücklich, daß sie den Kleinen lieber heute als morgen aus dem Hause schaffen müsse.

Sie sagte leise, als spräche sie zu sich selber:

»Wohin denn?«

Das sei Nebensache, zu einer Schwester, zu einer Nachbarin, zu irgendeinem, der ihn *so lange* aufnehmen wolle. Die Menschen im Dorf wären schon bereit, einander zu helfen. Es sei für ihn überall besser als daheim. Er dachte einen Augenblick nach und versprach dann Hilfe von seiten der Frau van Walsum.

Plötzlich rief Marretje mit einer gänzlich veränderten Stimme:

»Steht es schlimm um Tymen?«

Er schaute sie befremdet an; in diesem Augenblick erst begriff er, daß sie nichts geahnt hatte. Er riet ihr nochmals, doch vor allen Dingen für das Kind zu sorgen.

Zu ihren Schwestern konnte sie es nicht bringen.

Gyoertje, die wiederum den ganzen Tag in der Fabrik arbeitete, seitdem ihr Mann, der nach jenem Unglück beim Kistenaufladen nie mehr so recht gesund geworden, gestorben war, mußte selber ihre Kinder zu einer Nachbarin geben, die sie inmitten ihrer eigenen Beschäftigungen überwachte, so gut es eben gehen wollte. Alies Mann war außer Arbeit. Aus Ärger betrank er sich; kein Stück von ihrem armseligen Hausrat war mehr ganz, und die Kinder verkrochen sich, sobald sie seinen wankenden Schritt sich der Tür nähern hörten.

Sie dachte an den Nachbarn, der gekommen war, um sie zu warnen, als die Marschfelder überschwemmt wurden: die Frau war ebenso gutherzig wie er. Zu ihnen brachte sie Fokje gegen ein Kostgeld, das die Frau anfangs nicht nehmen wollte, indem sie sagte, daß da, wo es Essen für sechs gäbe, auch wohl für den siebenten etwas abfiele, und daß es keine Mühe mache, in der Bettstatt ihrer Jungens, die je zu zweit am Kopfende und am Fußende lägen, für den Kleinen ein Plätzchen zu schaffen.

Es waren gesunde lustige Kinder. Sie rauften und balgten sich sogar noch unter den Decken. In dem Gedränge zwischen den strampelnden Beinen und greifenden Händen begann Fokje ängstlich zu weinen. Länger als eine Stunde mußte Marretje bei ihm am Bett sitzen, mit seinen beiden Händchen in den ihren, bevor er in Schlaf fiel.

Tagsüber wollte er immerfort nach Hause: sie konnte hören wie er nach ihr rief. Wenn sie nur einen Augenblick an die Tür trat, fragte Tymen mit seiner heiseren, schwachen Stimme, wo sie hin wolle. Eines Abends, nachdem es stark geregnet hatte, fand sie das Bettzeug, unter dem Fokje lag, ganz durchnäßt und sah, wie es durch die Decke in das Bett tropfte. Die gute Frau sagte, daß das manchmal geschähe und daß es ihren Kindern nichts schade.

Am nächsten Tage hustete Fokje.

Sie wagte ihn nicht länger dort zu lassen. Es kostete sie viel Mühe und mehr Geld, als sie entbehren konnte, ihn bei einer wohlhabenden Frau unterzubringen, die in der Nahe allein ein hübsches Häuschen bewohnte.

Frau Smit war nicht freundlich zu dem Kinde. So oft Marretje kam, mußte sie Klagen anhören über die Last, die sie durch ihn habe und die Unordnung, die er in ihrem Hause verursache. Der kleine Junge klammerte sich an ihre Röcke, er wollte sie nicht loslassen, wenn sie ging. Halbwegs daheim, glaubte sie ihn noch zu hören mit seinem schluchzenden »Muttchen, Muttchen!« Ach, wenn sie sich doch nur hätte zerteilen können, so daß sie Tymen pflegen und gleichzeitig mit Fokje auf dem Arm irgendwo hinlaufen könnte, wo es gut war für ihn!

Der Arzt sprach nicht mehr von Frau van Walsum: und sie wagte nicht zu fragen. Aber eines Tages hielt die Equipage von Hartestein vor dem »Bunten Stein« und die junge Frau stieg aus. Sie war auf Reisen gewesen und am vorigen Abend erst heimgekommen. Als sie gehört, wo Fokje untergebracht, fuhr sie sogleich hin, um ihn zu holen: bei dem Inspektor auf Hartestein war schon alles für ihn in Ordnung gebracht.

Als sie zurückkam, auf daß Marretje ihn nochmals sehen könne, saß Fokje auf ihrem Schoß. Sie öffnete lachend den Pelzmantel, um ihr zu zeigen, wie sie ihn darunterhielt gleich einer Glucke, die unter den Brustfedern ein gelbes Küchlein birgt: mit einem noch halb verlegenen Lächeln schaute er daraus hervor.

Tymen kannte den Inspektor, er war im Hause gewesen, um das Maß zu nehmen für die Teppiche und die Läufer. Marretje fragte ihn nach dem Mann und seiner Frau, und nach den Kindern. Er sagte mit seiner heiseren Stimme, daß der Mann nicht übel zu sein scheine: das Haus sei schön.

Später am Tage, nachdem ihn ein Glas des spanischen Weines, der von Hartestein gekommen war, und allerlei sorgfältig zubereitete Speisen und Früchte aus dem Treibhaus ein wenig aufgemuntert hatten, wurde er redseliger. Wenn er solche gute Kost bekäme, meinte er schmunzelnd, wolle er wohl noch ein Weilchen krank sein. Marretje, die mit stets neuen Fragen kam, brachte in Erfahrung, daß die Frau des Inspektors freundlich und gutherzig sei, daß die beiden Kinder jedes sein eigenes Bettchen hätten in einem geräumigen Zimmer neben dem der Eltern, und daß sie so viel Milch zu trinken bekämen wie sie nur wollten.

»Hast du das selbst gesehen?« fragte sie immer wieder. Und blieb still neben dem Bett sitzen, die Augen auf das Gesicht ihres Mannes geheftet, auf das der Wein und all das gute Essen ein wenig Farbe und Glanz gebracht, indes sie unbewußt dem Kinde zulächelte, das sie so deutlich, als säße es da neben ihm, an dem blank gescheuerten Tisch sitzen sah, zwischen zwei anderen Kindern, von der köstlichen Milch trinkend, die ihm eine Frau mit mütterlich dreinschauenden Augen reichte. Nur quälte sie sich wohl ein wenig mit dem Gedanken, daß sie seine Kleider nicht erst noch habe hübsch in Ordnung bringen können. Frau Smit hatte sich darum, so sehr sie auch auf sich selber hielt, nur wenig gekümmert.

Der Milchkutscher hielt am nächsten Tage vor der Tür; die gnädige Frau, sagte er, ließe fragen, ob Marretje vielleicht auch mit nach Hartestein zurückfahren wolle, um nachzusehen, wie es dem kleinen Fokje ginge; aber so sehr sie sich auch danach sehnte, doch lehnte sie dankend ab: da der Großvater nicht daheim war, hätte sie Tymen ja allein lassen müssen.

Es schien wohl, als wolle die Woche gar kein Ende nehmen. Und als es endlich Sonntag war, kam es ihr vor, als würde Großvater niemals von der Messe heimkehren.

Fertig angezogen, Fokjes sorgfältig geflickten Sonntagsanzug und die Unterwäsche, die sie sauber gewaschen und fein gebügelt hatte, in einem kleinen Bündel unter dem Tuch, stand sie da und blickte hinaus, zitternd vor Verlangen.

Endlich kam er durch das Gitter hereingehumpelt. Sie eilte davon. Innerhalb einer Stunde hatte sie die fünf Meilen nach Hartestein zurückgelegt. Der Gärtner, der an den steinernen Pfeilern des Einganges stand und seine Pfeife rauchte, sagte ihr, daß Fokje im Herrenhaus sei: die gnädige Frau habe ihn zu sich genommen, weil die Kinder des Inspektors mit dem Scharlach aus der Schule heimgekommen seien.

Marretje wagte kaum an der hohen, blinkenden Tür zu klingeln. Ein Diener in Livree, der ihr öffnete, – seiner vergoldeten Knöpfe und seines barschen Gesichtes wegen hielt sie ihn für noch viel mehr als einen Korporal, – maß sie prüfend vom Kopf bis zu den Füßen, während er von oben herab sagte, daß der Eingang für die Dienerschaft unter der Terrasse sei.

Aber sie hörte Fokje lachen!

An dem hochmütigen Mann vorüber eilte sie durch das weite, mit Blumen und Pflanzen geschmückte Vestibül zu einer geöffneten Zimmertür, hinter welcher der Laut erklang.

Kreischend vor Vergnügen spielte Fokje um einen großen Tisch Haschen mit einem etwa fünfjährigen Mädchen, das ihr beim Spielen aufgegangenes, lockiges Haar während des Laufens nach rückwärts warf mit der Bewegung eines jungen Hundes, der seine Ohren schüttelt. Sie blieben alle beide zugleich still stehen, das kleine Mädchen, beide Hände um den Rand des Tisches geklemmt, wiegte sich hin und her, von dem rechten Fuß auf den linken, weil es nicht recht wußte, mit welchem es würde davonlaufen müssen, wenn der Spielkamerad von neuem begänne. Und Fokje stand an der anderen Seite des Tisches, seine leuchtenden Augen auf ihr Gesichtchen geheftet.

Er hatte seine Mutter in der Tür nicht gesehen.

Frau van Walsum, die auf dem Sofa saß, kam freundlich auf sie zu und rief den Kleinen von seinem Spiel fort.

Er trug einen schönen blauen Anzug mit einem blanken Ledergurt und neue, braune Stiefelchen. Und wie sein Haar glänzte! Noch nie hatte sie ihn mit einer so frischen Farbe gesehen.

Frau van Walsum zeigte ihr die Bilderbücher und das Spielzeug der beiden Kinder, – alles Neue gehörte ihm – und darauf das Zimmer, worin sie schliefen mit dem Kindermädchen der kleinen Klara, ihres Nichtchens, das der frischen Landluft wegen auf Hartestein zu Besuch war.

Es war ein freundliches Zimmer mit einer weiß und blau gestreiften Tapete und ebensolchen Vorhängen, und einer Glastür, die nach der Terrasse zu offen stand. Marretje fühlte verwundert, daß es dort dennoch warm war.

In einer Ecke stand unter zwei blitzenden Messinghähnen eine kleine Badewanne; jeden Morgen, sagte die gnädige Frau, bekäme Fokje darin ein Bad; und da war auch noch ein Waschtisch mit einem großen Spiegel darüber. An der Wand hingen schöne, bunte

Bilder, auf denen Kinder, Tiere und Blumen zu sehen waren. Der Fußboden war aus spiegelglattem Holz.

In einem der zwei kleinen Bettchen, die zu beiden Seiten eines größeren standen, lag ein kleiner, brauner Sammetbär, mit dem Kopf auf dem Kissen und den steif von sich gestreckten Vorderpfoten auf der Decke; das war Fokjes unzertrennlicher Schlafkamerad. Und in einem Schrank lagen drei Bretter, vollgestapelt mit seinen Sachen!

Das Blut schoß Marretje ins Gesicht. Und sie wußte nicht, wo sie hin sollte mit dem kleinen Bündel, das sie, in ein Taschentuch vom Großvater eingeknüpft, noch immer fest an sich preßte.

Frau van Walsum schloß, um ihr Verlegenheit und Dank zu ersparen, rasch den Schrank und begann von Fokje zu sprechen, wie artig und folgsam er wäre und was für ein allerliebster Spielkamerad für ihre kleine Nichte, die sonst gar einsam sei, jedesmal, wenn sie hierher käme; noch niemals sei sie so lustig gewesen wie jetzt.

Das Kindermädchen kam herein, mit den beiden Kleinen an der Hand, Fokje in einem Wams, mit einer Pelzmütze auf dem Kopf. Und sie traten alle zusammen aus der Glastür hinaus auf die in breiten Stufen sich herabsenkende Terrasse und in die Buchenallee, die zu den Ställen führte.

Sechs Melker in reinen weißleinenen Kitteln saßen dort unter den Kühen; mit einem feinen, hochklingenden Geräusch spritzten die Strahlen in die blankgescheuerten hölzernen Eimer. Fokje und Klara bekamen von einer kleinen, rötlichen Kuh zu trinken, deren Kopf fein zugespitzt war wie der eines Rehes. Frau van Walsum hob sie abwechselnd auf, damit sie dem sanft dreinschauenden Tier die Stirn streicheln konnten. Es sei die beste aus dem Stall, sagte sie; die Kinder bekämen niemals andere Milch als von ihr.

Das Kindermädchen sagte etwas zu ihr in einer Sprache, die Marretje nicht verstand. Es war die Zeit, zu der die Kinder spazieren gingen. Marretje mußte heim; die gnädige Frau sagte, daß sie doch sehr gut ein Stückchen Weges mit ihr gehen könnten. Sie gab ihr das Geleit bis an die Gartenpforte, während sie vertraulich über Fokje's Gesundheit sprach und ihr all das Beruhigende erzählte, daß ihr der Professor in der Stadt, zu dem sie mit ihm gegangen war, darüber gesagt habe.

Mit Fokje's kleiner warmer Hand in der ihren ging Marretje Schritt für Schritt, um es nur ja so lange wie möglich wahren zu lassen.

Aber endlich mußte Fokje umkehren. Sie blickte ihm noch lange nach, bis er an der Biegung des Weges verschwand; dann eilte sie heimwärts, so rasch sie nur konnte.

Mit Tymen schien es etwas besser zu werden. Marretje meinte, daß der Arzt sich am Ende doch geirrt haben könnte. Zeitweise war er sogar heiter und einmal wollte er aus dem Bett und blieb ein Weilchen am Feuer sitzen. Und Marretje mußte seinen Arbeitsrock wieder an den Nagel der Alkoventür hängen, wo er ihn immer gehabt hatte, damit er gleich beim Aufstehen danach greifen könnte. Es würde jetzt nicht mehr sehr lange dauern, dann könne er wieder in die Weberei. Aber bei alledem aß er jetzt je länger je weniger von dem schönen Essen, das Frau van Walsum regelmäßig schickte. Er ließ so viel übrig, daß Großvater noch genug daran hatte. Marretje nötigte ihn. Er sagte halb lachend, daß sie sich doch lieber freuen solle über einen so vorteilhaften Mann, der, wenn er nicht arbeite, doch wenigstens auch nicht äße.

Er wurde mager und magerer, wie ein kranker Baum, dessen Blätter erst schlaff herabhängen und dann abfallen, bis an den starren Zweigen nichts anderes mehr übrig bleibt als runzelige Borke. Mit einer Stimme, die nur noch ein rauhes Flüstern war, bat er immerfort um einen Trunk.

Der Arzt band es Marretje auf die Seele, daß sie nur ja recht vorsichtig mit allem umgehen solle, was der Kranke berührt habe.

An einem Sonntagmorgen, als sie sich gerade fertig machte, um wieder zu Fokje zu gehen, wurde von Hartestein ein Korb mit Wein und Früchten gebracht; obenauf lag ein Brief. Sie konnte die fließende Schrift nicht lesen und wartete, bis der Arzt kam. Er schien zu wissen, was in dem Brief stand: ohne ihn zu lesen, setzte er Marretje auseinander, daß es wohl besser sei, wenn sie nicht nach Hartestein ginge. Herr van Walsum sei vielleicht ein wenig übertrieben mit seiner Angst vor Ansteckung, aber Kehlkopfschwindsucht, das müsse er zugeben, bilde doch immerhin eine Gefahr. Es dauerte lange, bevor Marretje aus seinen behutsamen Worten begriffen hatte, daß sie nicht mehr zu ihrem Kinde kommen dürfe, so lange sie ihren Mann pflege.

Frau van Walsum schickte ihr jeden zweiten Tag Nachricht. Nachdem sie durch den Arzt gehört, daß Marretje ihre Schrift nicht lesen könne, schrieb sie ihre Briefe auf der Schreibmaschine des Bureaus.

Marretje buchstabierte sie laut, Silbe für Silbe, und las sie immer wieder, von Anfang bis zu Ende. Sie wußte ganz genau, wie Fokjes Tag eingeteilt war, wann er aufstand, was er zum Frühstück aß, welches Spielzeug er am liebsten hatte, wohin er spazieren ging, welche Kinder zum Spielen zu ihm eingeladen wurden, nun, nachdem die kleine Klara wieder gegangen, und daß ihr englisches Kindermädchen für ihn dageblieben sei, weil er so sehr an ihr hing.

Sie las das alles Tymen vor. Aber es schien ihm nichts daran zu liegen: es war, als ginge es ihn nichts an, was mit Fokje geschah; und indem Marretje während des stockenden Vorlesens immer wieder innehielt, um nochmals zum hundert und sovielsten Male eine Besonderheit dazu zu erzählen, deren sie sich von ihrem Besuch auf Hartestein erinnerte, oder die sie vom Arzt vernommen hatte, hielt er seine matten, farblosen Augen mit dem stets gleichen, geistesabwesenden Blick auf das Fenster gerichtet, hinter dem der graue Winterhimmel dunkelte.

Es begann zu schneien. Ein rauher Ostwind jagte die kleinen, scharfen Flocken. Der Frost fiel ein: den ganzen Tag über zerschmolzen die Eisblumen nicht an den Scheiben. Marretje dachte, daß Frau van Walsum Fokje doch gewiß im Zimmer behalten würde bei solch einer Kälte; die hatte er nie ertragen können. Trotz ihrer Scheu vor ihm und Frau van Walsum ersuchte sie den Arzt, ihr das doch sagen zu wollen; er antwortete, daß er gerade gekommen sei, um mit ihr darüber zu sprechen. Fokje huste ein wenig. Frau van Walsum wolle ihn mitnehmen nach dem Süden, wohin sie jeden Winter auf einige Wochen gehe. Marretje fragte, wo das denn eigentlich läge, und ob die Reise viel länger dauere als bis nach Amsterdam.

Die Antwort machte sie völlig bestürzt. Wenngleich sie auch hier nicht zu Fokje durfte, so war er doch in ihrer Nähe, sie kannte all die Dinge um ihn her, und wenn sie den Weg nach Wymenes ein Stück weit ging, konnte sie in der Ferne zwischen den kahlen Bäumen die Wetterfahne von Hartestein schimmern sehen und dabei denken: da ist er nun und es geht ihm gut! Ihre Lippen bebten. Sie hielt die Hände krampfhaft im Schoß gefaltet. Der Arzt sagte ihr, daß Frau van Walsum es nicht tun wolle, wenn sie nicht durchaus einverstanden sei.

Sie fragte, ob es für Fokje nötig wäre? Und als er antwortete, daß es nicht absolut nötig sei, fragte sie weiter, ob es gut sei für das Kind, ob er dazu rate?

Und ihre Augen flehten gleichzeitig um ein Nein und um die volle Wahrheit.

Fokje sei ein wenig zart, der Winter außerordentlich streng; und sie wisse ja selber, wie schlecht er die Kälte ertrage, meinte der Arzt. Ihre Finger wurden völlig weiß, so fest preßte sie sie zusammen. Halb hörbar sagte sie endlich:

»Wenn es gut für ihn ist, so soll er gehen.«

Der Arzt stand auf.

Bei der Tür ergriff sie ihn am Arm.

»Darf ich ... darf ich ... ihn denn nicht noch einmal sehen, bevor er abreist?«

Der Arzt wandte den Blick ab, als er antwortete:

»Für ihn ist es besser, wenn es nicht geschieht.«

Sie ließ ihn los. Er ging.

Aber noch bevor er an der Gartenpforte war, hatte sie ihn wieder eingeholt.

»Wann geht er fort?«

»Geplant war die Abreise für übermorgen.«

Sie ging zu Tymen zurück.

Er hustete mit einem unheimlichen röchelnden Geräusch. Sie wischte ihm den blutigen Schaum von den Lippen, gab ihm zu trinken, legte ihm das Kissen bequemer unter den Kopf, und währenddessen dachte sie immerfort: übermorgen, übermorgen.

Tymen wollte wissen, was der Arzt ihr doch eigentlich mitzuteilen gehabt habe, daß sie ihm so nachgelaufen sei bis auf die Diele und dann auch noch in den Garten hinein: voller Mißtrauen glaubte er stets, daß er Schlimmes über seine Krankheit zu sagen habe, während er selber doch fühlte, daß es besser wurde. Marretje sagte es ihm. Er antwortete mürrisch, es sei eine Torheit von reichen Leuten, zu glauben, daß ein gesundes Kind den Winter nicht vertragen könne. Er selber vertrage ihn doch sogar noch, wenngleich es augenblicklich nicht allzu gut um ihn stehe. Wenn ein Mensch zum Leben wirklich so viel brauche, wie die Reichen meinten, dann würde von ihresgleichen wohl kein Einziger mehr gesund sein.

Großvater kam hinzu. Er, der sich aus seinen übrigen Enkelkindern nicht viel machte, wollte Fokje stets vor Augen haben; er hatte sich über die Trennung bitter beklagt. Und als würde ihm von neuem ein noch kränkenderes Unrecht angetan, sagte er mit seiner dumpfen Stimme, daß ein armer Mensch es nicht mit den Reichen aufnehmen könne, daß er sich eben zu fügen habe.

»Aber wenn es doch gut für ihn ist, Großvater,« murmelte Marretje.

Sie blickte auf Fokjes Stühlchen, auf den Platz, wo er bei Tisch zu sitzen pflegte: es schien, als seien die erst jetzt leer geworden.

Und wiederum dachte sie: übermorgen, übermorgen in der Frühe.

Ach, wenn sie ihn doch noch einen Augenblick hätte sehen dürfen, nur sehen wollte sie ihn, nicht einmal beim Händchen nehmen! Wenn sie ihn nur aus der Ferne sehen dürfte, ohne daß er sie sah, so daß er nicht zu ihr wollte und nicht weinen würde, wenn er nicht durfte, wenn sie nur im Garten stehen könnte, draußen auf der Terrasse, wahrend er im Zimmer war, so würde sie schon zufrieden sein.

Die ganze Nacht dachte sie daran, indes sie mit brennenden Augen ins Dunkel starrte. Sie sann darüber nach, ob sie es wohl wagen würde, das zu tun, einzutreten durch die Pforte von Hartestein und so lange zu warten, bis er zur Tür hinauskäme in seinem warmen

Überzieher und seinem Pelzmützchen. Aber er durfte ja nicht hinaus bei der Kälte und mit seinem Husten.

Ihre Gedanken verwirrten sich.

Tymen hustete. Sie stand auf, um ihm seine Arznei zu geben.

Am nächsten Tage hörte sie, daß Frau van Walsum des schlechten Wetters wegen ihre Abreise beschleunige: noch am nämlichen Abend um halb sechs Uhr wollte sie fort.

Seit Mitternacht hatte es geschneit.

Der Garten, der Weg, wo die tiefe Spur des Automobils, das in der Frühe dort vorübergekommen, schon nicht mehr zu sehen war, die Stechpalmenhecke, das lange Dach der gegenüberliegenden Reihe von Arbeiterhäuschen, das alles lag da unter dem gleichförmigen Weiß, Da war keine Grenze mehr zwischen dem Pfad und dem Acker, die Gräben längs des Weges waren zugeschneit, die Reihe durchsichtiger Birkenbäume wurde dicht und dick. Und aus dem tiefhängenden grauen Himmel fielen stets mehr Flocken herab, schwärzlich, während sie daherkamen, totenweiß, sobald sie lagen.

Der Wind begann darin zu spielen. Jetzt wirbelten sie in schrägem Flug, in stets dichteren Mengen strichen sie immer hastiger vorüber. Über das Feld kamen sie daher gejagt, wie ängstlich sich duckende Herden banger, weißer Tiere. Ein plötzlich aufheulender Windstoß jagte sie in die Höhe, eine wirbelnde Wolke, dünner als Rauch, zerteilte sich jählings. Aus immer kleineren, schärferen, rascheren Flocken ward es ein schräg ausgespanntes Segel, hinter dem, in einer Entfernung von wenigen Schritten, alles verschwand.

Marretje saß, die Hände im Schoß, an Tymens Bett. In ihrem Kopf jagten sich die Gedanken, unzählbar und stets die gleichen, wie die ruhelosen Flocken des Schneetreibens.

Es ward Abend: Unter der Dunkelheit dort oben breitete sich weißlich-hell der Boden, wie ein weißer Hügel schimmerten am schwarzen Hintergrund die schneebeladenen Häuserreihen jenseits des Weges.

Ein Fünklein glomm auf, rötlich-gelb entzündete sich eine Lampe, an dem Fenster erschien im Schatten ein Frauenkopf und daneben das runde Köpfchen eines Kindes.

Wie von Händen emporgezogen von ihrem Stuhl eilte Marretje zum Zimmer und zum Hause hinaus und so, wie sie ging und stand, durch den Schnee nach Hartestein.

Die Schulkinder und die Arbeiter aus der Weberei hatten im Dorf den Schnee mit ihren Holzschuhen ein wenig festgestampft; unter dem frisch gefallenen war die Festigkeit zu verspüren.

Aber auf dem großen Wege in der Einsamkeit ging sie durch hoch zusammengewehte Haufen. Bis zu den Knien stand Marretje plötzlich darin; es war zugleich wie Klettern auf einen Hügel hinauf und wie Waten durch Morast, und mühsam versuchte sie vorwärts zu kommen.

Der Schnee wirbelte ihr ins Gesicht, raubte ihr den Atem, legte sich schwer auf sie. Keuchend stand sie still. Sie hörte, wie es von dem Holthumer Turm herab halb fünf schlug, als sie noch nicht ein Drittel des Weges zurückgelegt hatte. Da lief ein Pfad quer durch die Felder: auf gut Glück ging sie in die mattschimmernde Weite hinein, suchte zwischen den eishart gefrorenen Erdklumpen der umgepflügten Felder, die sie wie kantige Steine rissen und verwundeten, während sie darüber strauchelte, den schmalen, ebenen Weg, fand ihn, folgte ihm tastend eine Weile und verlor ihn dann wieder: sie ging durch Eis, das zu Scherben zerbrach, durch Wasser, das sie bis ins Mark erstarren ließ, durch rauhes, rissiges Schlagholz, durch Heidegebüsch und Dornen: ein Instinkt gleich dem, der den Vogel durch Nächte und leere Lufträume geleitet zu dem einen nur von ihm gekannten Fleck, ließ sie durch das Weglose hindurch die Richtung zu ihrem Kinde innehalten. Und endlich sah sie in zwei schimmernd bleichen Regenbogenkreisen die beiden elektrischen Lampen an der Auffahrt von Hartestein.

In der großen Allee war der Schnee zusammengefegt: ein weißer Wall stand zu beiden Seiten an den Baumreihen. Leicht wie eine Amsel lief sie über die dünne, unter ihren Füßen knirschende Schicht auf das Haus zu.

Aus allen Fenstern schimmerte Licht. Sie sah das Weiß und Grün der Vorhalle mit den hohen Palmen in der Mitte, und während eines kurzen Augenblickes Frau van Walsum, die hindurchschritt. Ohne zu zögern, ohne auch nur nachzudenken, rannte sie quer über den Rasen, an einem Gitter entlang, wo ein Hund mit wütendem

Gekläff aufsprang, nach der Hinterseite des Hauses, fand die Stufen der Terrasse und stand vor der Glastür, die zu Fokjes Zimmer führte.

Er war da.

Er saß auf Frau van Walsums Schoß, während ihm das englische Kindermädchen, am Boden kniend, die Stiefelchen zuschnürte. Mit einem heiteren Gesichtchen blickte er zu ihr auf; sie strich ihm das Haar aus der Stirn und sagte ihm lachend etwas, das ihn noch fröhlicher machte. Seine kleinen weißen Zähne kamen zum Vorschein, so lachte er, und in jeder Wange bildete sich ein Grübchen; er tanzte vor Freude. Sie legte ihre beiden Hände um ihn und hielt ihn fest auf ihren Knien. Er streckte das eine Beinchen mit dem zugeschnürten Stiefel aus. Sicherlich war es ein neuer, denn Frau van Walsum betastete sein Füßchen und fragte ihn etwas, worauf er verneinend den Kopf schüttelte; dann steckte sie ihre Hand prüfend in den anderen, den das Kindermädchen vom Boden nahm und ihr reichte. Marretje sah, daß er mit Pelz gefüttert war. Das Mädchen zog Fokje den Hausschuh aus; leicht bewegte er seine Zehen, die er in dem feinen Gewebe des braunen Strumpfes auseinander spreizte, und dann fuhr auch dieser Fuß in den warmen Reisestiefel.

Das Mädchen stand auf. Frau van Walsum hob Fokje auf den Tisch und zog ihm sein Hauskittelchen aus. Und da stand er nun gerade unter der Lampe mit seinem seinen Goldhaar und den kleinen, nackten Schultern und Ärmchen! Wie eine Rose so mattrot war er; in den Muscheln seiner Öhrchen lag eine leichte Glut und auch in der Biegung seiner Arme, die er, sich selbst hätschelnd, übereinander schlug.

Unbeweglich stand Marretje im Schnee, schaute ihn an und lächelte voller Entzücken. Sie sättigte sich an ihm mit ihren Augen. Es kam ihr nicht zum Bewußtsein, daß sie vom Kopf bis zu den Füßen erstarrte und daß das Schneewasser an ihrem vorgestreckten Halse entlang in ihr Tuch sickerte. Aber jede Bewegung, die Fokje machte, fühlte sie so, als habe sie sie selbst gemacht. Über ihre Züge spielte unwillkürlich die Nachahmung von seinem Schauen und seinem Tun. Sie fühlte die warmrote Stelle in der Falte seines Armes, wo seine Fingerchen gerade hineingriffen, an ihren eigenen Fingerspitzen. Sie bewegte, ohne es zu wissen, ihren Fuß, als das Kindermädchen den seinen in das Pelzstiefelchen einschnürte. Ihr Herz sprang auf mit einem Lachen, das ihr bis in die Kehle drang, als er sich so freudig jauchzend hin und her warf zwischen den Händen, die ihn umschlangen. Und sie war im Zimmer, sie wußte, gleich als habe sie es gehört, um jedes Wort, das Frau van Walsum über seine Stiefelchen sagte, von denen sie hoffte, daß sie ihn nirgends drücken möchten, über die Wäsche, die sie nochmals betastete, ob sie auch wirklich wohl warm genug sei für die Reise, und wie sie ihm allerhand reizende Dinge versprach für dort, wo sie nun hingingen.

Die Tränen liefen ihr immerfort über die Wangen, aber sie wußte es nicht, ebensowenig, wie sie wußte, daß sie lächelte und daß es ihr um die Lippen zuckte und um das bebende Kinn, und daß sie ihre Finger leicht bewegte, während Frau van Walsum und das Mädchen die Knöpfe an Fokjes Mäntelchen zumachten. Und abgesehen von diesen fast unmerklichen Bewegungen stand sie so regungslos unter dem verhüllenden Schnee, daß, wenn einer sie von da drinnen aus gesehen hätte, sie nicht anders erschienen wäre, als wie eine der dunklen Zypressen hinter der Terrasse, weiß und gebeugt unter der Schneelast.

Die innere Tür wurde geöffnet und Herr van Walsum in Hut und Überzieher blickte ins Zimmer hinein: er habe ein strenges Gesicht, meinte Marretje. Sie sah die junge Frau antworten, daß sie fertig sei. Sie ließ Fokje auf den Boden hinuntergleiten, aber er suchte nach etwas, das er durchaus haben wollte. Beinah hätte sie ans Fenster geklopft: »sein brauner Bär!« Das Kindermädchen holte ihn aus seiner Ecke, er griff danach, sie gingen alle aus dem Zimmer hinaus.

In der Auffahrt knarrten die Räder eines kehrenden Wagens. Wie der Wind lief Marretje um das Haus und die Sträucher herum und an der wütend aus ihrer Hütte hervorschießenden Dogge vorüber nach der Auffahrt zu. An der äußersten Grenze des grellen Lichtkreises vor der Terrasse blieb sie wartend stehen, hinter den Rhododendren versteckt. Eine Stimme rief dem wild kläffenden Hund »kusch« zu, Herr und Frau van Walsum schritten die Terrasse herab, sie hielten Fokje in ihrer Mitte an der Hand. Darauf verschwanden sie in den Wagen. Der Diener, der den Schlag zugeworfen hatte, sprang auf den Bock, sie sah noch flüchtig den Glanz von Fokjes blondem Haar, während die Pferde dicht an ihrem Versteck entlang davontrabten.

Glücklich ging sie heim.

Tymen schlief. Auf den Knien vor dem Kamin, blies Großvater mit schwachem Atem in einen glimmenden Haufen Reisig.

Er sagte nichts, als sie wankend auf einen Stuhl niedersank. Vielleicht erriet er an dem Leuchten der Augen in ihrem wie Schnee so bleichen Gesicht, wo sie gewesen.

Am ersten Tage, da die Wege wieder gangbar waren, kam der Arzt; er brachte ein Bild von Fokje, das Frau van Walsum Marretje als Abschiedsgruß sandte. Sie betrachtete das glatt retouchierte Bildchen, während sie bei sich dachte, was sie nicht auszusprechen wagte, daß er doch eigentlich viel hübscher sei.

Kurz darauf kam eine Ansichtskarte: zwischen blauem Himmel und blauem Meer ein Strand mit weißen, flachdachigen Häusern, um die blühende Blumen wuchsen. Fokje sei gesund und munter: mit viereckigen Buchstaben, so wie ein Kind sie schreibt, dem jemand die Hand führt, stand sein Name darunter geschrieben. Marretje befestigte die Karte neben dem Bildchen mit einer Nadel an Tymens Alkoventür.

Er schaute immerfort auf das Bunte; das erinnerte ihn wohl an den sommerlichen Polder und die Allmend längs der See, wenn das Wasser blau liegt unter dem blauen Himmel, die blinkenden Möven zu Hunderten schimmern und untertauchen in den untiefen Buchten, und die in Sonntagsfreiheit einherschlendernden Burschen in dem Gras, das voller Maasliebchen, Klee und Butterblümchen steht, Nester von Kiebitzen und Strandläufern mit den flaumigen Jungen darin, suchen.

»Wenn ich Bauernknecht geworden wäre anstatt Teppichweber...« sagte er eines Tages.

Großvater blickte auf aus dem Winkel, wo er, vor dem Ofen zusammengekauert, sein steifes Bein rieb.

»Er sieht das Fett auf eines Andern Teller.«

Marretje sprach mit einer weichen Stimme von Besserwerden im Frühjahr: er glaubte ja immer noch daran.

Frau van Walsum hatte ihr so viel gegeben, daß sie während einiger Wochen weder Sorgen zu haben noch auch den ganzen Tag an ihrem Spinnrade zu stehen brauchte. Was Fokje anbetraf, so war sie beruhigt. Jetzt wich sie nicht mehr von Tymens Bett.

Er mochte es gern, wenn sie von früheren Zeiten sprach. Er antwortete nicht, er hatte nicht mehr die Kraft dazu; aber an dem stillen Aufleuchten in seinen Augen sah sie, daß dann oftmals ein glücklicher Gedanke in ihm aufkam. Sie sagte:

»Denkst du noch an jenen Montag vor St. Johannis, als wir beide im Heuland waren und du mir bei der Vesper aus deinem Krug zu trinken gabst und ich dich aus meinem Napf essen ließ?«

Der Schein eines Lächelns spielte über sein Gesicht, so wie über eine Mauer, die an einem sonnigen Wässerchen entlang in ihrem eigenen Schatten steht, wohl ein kreisförmiger Lichtglanz gleitet, nicht Sonnenschein, sondern der Abglanz von Sonnenschein. Sie sprach auch immer wieder über Fokje.

»Ob ich seine Augen sehe oder die deinen, das bleibt sich gleich!«

Eines Tages, nachdem sie ihm wiederum einen Brief von Frau van Walsum über ihn vorgelesen hatte, sagte er plötzlich mit sichtlicher Anstrengung:

»Nicht Weber werden!«

Und sie begriff, daß er schon lange über die Zukunft des Kindes nachgedacht hatte. Wenn sie ihn doch jetzt nur hier hatte! Was hatte er denn eigentlich von seinem Kinde gehabt, das er vom Montag bis zum Sonnabend nicht anders gesehen, als während eines Viertelstündchens beim Mittagessen?

Sie unterdrückte ihre Tränen, um fröhlich zu sagen:

»Im Mai kommt er wieder, Vater!«

Tymen schien es nicht zu hören. Seine matt gewordenen Augen starrten wieder stumpf und geistesabwesend ins Leere. Durch das Fenster schien weiß und bläulich der erste Lenzhimmel des März. Ein lauer Südwest spielte in den Zweigen des Nußbaumes, an dem die braunen Knospen bereits zu glänzen begannen. Die Kinder des Tagelöhners, die man fortgeschickt hatte, um am Graben entlang

Löwenzahnsprossen[4]   auszustechen, wälzten sich im spärlichen Gras mit roten Wangen, das Haar voller Sonne; ihr kreischendes Lachen klang durch die geöffnete Tür zum Zimmer hinein, gleichzeitig mit dem Zwitschern der sich paarenden und zankenden Spatzen in der Stechpalmenhecke.

Mit seiner knochigen Hand machte Tymen eine matte Bewegung nach seinem Rock hin, der an dem Nagel der Alkoventür hing. Marretje konnte nicht verstehen, was die fahlen, geschwollenen und geborstenen Lippen so mühsam auszusprechen versuchten, aber sie begriff es wohl: sie nahm den Rock fort, und als sie, während sie es tat, ihn anschaute, ob es gut sei so, gewahrte sie in seinen Augen die Willigkeit zum Sterben.

Still setzte sie sich neben ihn und nahm seine Hand in die ihre.

So blieben sie zusammen während der ganzen Nacht.

Als es Morgen ward, starb er.

---

[4] Die ersten Sprossen des Löwenzahns werden als Gemüse gegessen.

VI.

Am Tage nach der Beerdigung zog Marretje mit dem Großvater aus dem »Bunten Stein«, da ihnen das Wohnen dort jetzt zu teuer war. Ihr altes Häuschen, das während der sechs Jahre abwechselnd leer gestanden und achtlos bewohnt worden, war für wenige Stuiver wöchentlich zu haben. Sie bezogen es wieder. Ein Nachbar half ihr das Dach ausbessern mit Schilf von einem auf Abbruch verkauften Häuschen, dessen Besitzer es auf eine Hand voll Stroh nicht ankam.

Als der Zimmermann ihr Spinnrad von neuem auf dem alten Fleck aufstellte und sie den Abdruck ihres Fußes wiedersah, den sie und Tymen zusammen angeschaut hatten beim Umzug am Tage nach ihrer Hochzeit, ward ihr während einer Sekunde alles undeutlich vor den Augen. Dann aber dachte sie an Fokje.

Er mußte jetzt bald wiederkommen.

Als das Zimmer sauber und alles in Ordnung, war es ihr erstes, daß sie das Bett für ihn herrichtete. Um sein Kissen tat sie einen neuen, weiß und blau karrierten Bezug, den sie genäht hatte mit Stichen so fein säuberlich, wie es die Schwester in der Klosterschule nicht besser hätte machen können. Sie strich die Decke glatt, während sie sich vorstellte, daß er jetzt schon schön warm darunter lag mit »Farben wie die Kirschen« vom Schlafen.

Er hatte es in jeder Beziehung so gut gehabt seit einem halben Jahr; es durfte ihm doch jetzt nicht gar zu vieles abgehen bei Mutter daheim. Um etwas dazu zu verdienen, arbeitete sie halbe Tage bei Plugge, dessen Tochter geheiratet hatte und dessen Frau, die auch schon um einen Tag älter und ein wenig kränklich geworden war, die Arbeit nicht mehr allein schaffen konnte. Aus den Brettern einer alten Kiste und ein paar Latten zimmerte sie gegen das Hinterhaus einen kleinen Stall für eine zweite Ziege; und eines nach dem andern kaufte sie sechs Hühner, damit er an jedem Tag sein Ei haben solle.

Der erste Mai kam.

Vor Freude hatte Marretje des Nachts nicht geschlafen. Morgens um sieben schon war das Haus hübsch hergerichtet wie für den Sonntag, der schmale gepflasterte Steig rings umher gescheuert, der Pfad geharkt. Über dem Herd hing ein reiner, steif gebügelter Faltensaum, auf dem Tisch vor Fokjes hohem Stuhl stand ein dickes Bund Schlüsselblumen.

Der Morgen ging vorüber. Dann der Mittag. Dann der Abend. Sie trat wohl schon zum hundertstenmal auf die Straße hinaus und starrte in die Ferne. Da war nichts zu sehen. Es begann zu dunkeln. Sie wartete einen Tag und wieder einen Tag. Als am dritten noch immer keine Nachricht da war, zog sie ihre Sonntagskleider an und machte sich mitten in der Arbeitszeit auf den Weg nach Hartestein.

Der Herr sei schon seit einem Monat zurück; die gnädige Frau würde auf der Rückreise von Italien noch eine Weile in der Schweiz bleiben, des klimatischen Überganges wegen.

Langsam ging sie zurück.

Aus der Ferne blickte sie sich noch einmal um nach der langen Fensterreihe des Herrenhauses. Dort war er jetzt nicht ...

In der folgenden Woche kam ein Brief; in vierzehn Tagen würden sie zurück sein.

Wiederum ging der Tag vorüber. Marretje saß weinend da. Gewiß war Fokje krank und die gnädige Frau wollte es nicht sagen.

Aber eines Abends, als sie vom Acker heimging mit einer Schürze voll Gras, das sie unterwegs für die Ziege geschnitten, sauste das Automobil von Hartestein auf dem Wege zur Stadt an ihr vorüber; um die Schutzwand herumschauend, rief der Mann ihr zu, daß die gnädige Frau am vorigen Abend spät heimgekommen sei.

Das Gras aus ihrer Schürze und das Messer fielen zu Boden.

Quer durch die Felder lief sie nach Hartestein. Frau van Walsum ging gerade durch die Auffahrtallee, an der Hand führte sie einen kleinen, weiß gekleideten Knaben mit blonden Locken, die ihm bis auf die Schultern herabfielen.

Marretje schrie es hinaus: »Fokje!«

Der kleine Junge stand still. Er wurde rot bis unter die Haare und bis in den Hals hinein. Einen Augenblick blieb er unbeweglich. Dann breitete sich plötzlich ein Glanz über sein Gesicht; und während ein stets glücklicheres Lächeln in seinen weitgeöffneten Augen aufstrahlte, kam er langsam auf seine Mutter zu.

Marretje war niedergekniet und streckte ihm die geöffneten Arme entgegen. Ohne einen Laut von sich zu geben, schmiegte er sich an sie.

Sie fühlte sein Körperchen an ihrer Brust, in ihren Armen, sie fühlte seine weiche Wange an ihrem Gesicht, und sein Haar, sie griff nach seinen Händchen und dann wieder nach seinem Gesichtchen und küßte ihn überall, lachend und schluchzend zugleich.

Dann hielt sie ihn, indem sie ihre beiden Hände auf seine Schultern legte, ein wenig von sich, um ihn nochmals so recht genau anzusehen. Nein, nein, wie hatte er sich verändert, um wieviel schöner war er geworden, wie prächtig sah er aus! Sie konnte sich nicht sattsehen an seinen runden braunroten Wangen, seinen klaren Augen, aus denen er so kühn und freudig in die Welt schaute, an seinen Locken, die dick wie gelbe Blumendolden um seinen kleinen, runden Hals herumhingen, an seinen gebräunten Händen mit den Grübchen auf all den Knöchelchen, und seinen drallen Beinchen, um die die Strümpfe sich spannten.

Sie sah ihn an und lachte und die Tränen liefen ihr über das lachende Gesicht, während sie nichts anderes hervorbringen konnte als immer und immer wieder: »Fokje, ach Fokje du!«, als sei mit diesem Namen alles von Glück und Liebe und Herrlichkeit gesagt.

Der kleine Junge sagte plötzlich: »Ich kann auf dem Pony reiten, wenn Tante Klara mich festhält.« Wer war Tante Klara? Ein Pony, was sollte das heißen?

Frau van Walsum, die in geringer Entfernung stehengeblieben war, kam lächelnd näher. Sie sprach, aber mit einer gewissen Verlegenheit, über einen unvorhergesehenen Aufenthalt auf Reisen und das Vorhaben, das sie gehabt, Fokje noch an demselben Abend zurückzubringen, und forderte Marretje auf einzutreten, während der Wagen angespannt wurde, der sie und Fokje heimführen sollte.

Marretje verstand das alles nur halb und wußte kaum, daß sie sich weigerte zu bleiben, oder was sie eigentlich sagte oder tat, bevor sie wieder draußen auf der Holthumer Landstraße war, mit Fokje an der Hand.

Wie ein kleiner Mann schritt er einher auf seinen kräftigen Beinchen. Von Zeit zu Zeit blickte er unter den um seine Stirn tanzenden Locken zu ihr auf, mit einem halb verlegenen, halb schalkhaften Blick in den goldbraunen Augen mit den dunkleren Fleckchen. Das schnitt ihr ins Herz: genau so konnte Tymen dreinschauen, der Tymen von einst, ihr Bräutigam, ihr junger lustiger Mann, der sie zum Narren hielt mit erstaunlichen Neuigkeiten aus der Weberei und mit ernsthaft aus der Zeitung vorgelesenen Dingen, die gar nicht darin standen. Das runde, warme Händchen in ihrer Hand, schaute sie in das frische Kindergesicht herab und sah die Augen und das Lachen von Tymen in den Augen und dem Lächeln von Tymens Söhnchen, schaute ihren lieben Mann an in ihrem lieben Kinde und wußte nicht, welcher von beiden es war, den sie mit solch einer fast schmerzlichen Freude liebte.

Sie kamen heim.

Der Großvater stand mit verdrießlichem Gesicht vor der Tür und schaute aus, wo Marretje denn doch bliebe, was doch geschehen sei, daß sie noch nicht einmal für das Abendessen gesorgt habe. Befremdet blickte er den kleinen Knaben an, mit den langen Locken wie ein Mädchen, der so städtisch gekleidet war und ganz in Weiß, und den Marretje an der Hand führte. Fokje erkannte seinen Großvater nicht; er wollte ihm nicht die Hand geben.

In dem Häuschen blickte er erstaunt um sich und wollte nicht von dem Kaffee trinken, in den Marretje zwei Stückchen Zucker tat aus der Sonntagsbüchse, oder auch nur den in aller Eile gebackenen Buchweizen-Pfannkuchen kosten, in dessen Mitte ein Stückchen Speck lag.

Marretje sagte:

»Es ist ihm fremd hier, auf dem Bunten Stein würde er sich gleich heimisch gefühlt haben!«

Und es fiel ihr ein, daß er natürlich auch keinen Hunger haben könnte, so kurz nach dem Mittagessen auf Hartestein.

Er wurde schläfrig: sie kleidete ihn aus und zog ihm das Nachtzeug all, das schon seit beinah einem Monat auf der Decke bereit lag. Und jetzt sah sie erst so recht, wie er gewachsen war: es wollte nirgends mehr passen!

Weil er sich vor den dunklen Winkeln in der Alkove fürchtete und durchaus wieder hinaus wollte, legte sie sich, angezogen wie sie war, neben ihn hin und schlug den Arm um ihn. Bänglich schmiegte er sich an sie. Jetzt war es wieder genau so wie damals, als er noch ganz klein war und gerade hineinpaßte in das Nestchen zwischen ihrem gebogenen Arm und ihrer Wange, die sie an sein Köpfchen legte. Sie wagte sich nicht zu rühren, als sie an seinem stets stiller und stiller werdenden Atem und seinem ruhigeren Herzchen, dessen Klopfen sie an ihrer Hand fühlte, bemerkte, daß er schlief. Allmählich fiel auch sie in Schlaf.

Frau van Walsum kam schon früh am Morgen. Sie hatte Fokjes Koffer bei sich in ihrem Wagen, und auf einem Wagen der Musterwirtschaft stand ein ganzer Stapel Kisten Schachteln und Pakete, ein Sportwägelchen und eine Badewanne.

In dem Hause war kein Platz, um das alles unterzubringen. Frau van Walsum versprach, daß sie ihr den Schrank aus dem Kinderzimmer schicken wolle, schaute sich nochmals um und sagte, während sie leicht errötete, daß auf der Meierei eine Melkerwohnung leer werde, die für Marretje und ihre Familie gerade geeignet sei. Ein Gefühl, über das sie sich keine Rechenschaft ablegte, trieb Marretje dazu, kurz zu antworten, daß sie hier zu Hause seien, schon von Großvaters Zeiten her, und daß sie nicht weg wollten.

Als Frau van Walsum fortging, lief Fokje ihr bis auf die Straße nach.

»Tante Klara! Tante Klara!«

Sie mußte aus dem Wagen steigen, um ihn zu seiner Mutter zurückzubringen. Beinahe heftig schloß Marretje die Tür.

Aber alsbald schon mußte sie es erkennen, daß sie ihr Kind nicht bei sich hatte, wenngleich sie es eifersüchtig in ihrer engen Stube eingesperrt hielt. Fokje fühlte sich allem entfremdet. Mit dem Essen, wovor sie sich so sehr gefürchtet hatte, war es noch nicht am schlimmsten: er hatte einen gesunden Hunger, der alsbald schon mit grobem Brot, Buttermilch, Brei, Salat mit Essig und ausgelassenem Speck und einem Stückchen Pferdefleisch des Sonntags fürlieb nahm. Die süßliche Ziegenmilch schmeckte ihm jetzt auch, nachdem er sie den ganzen Winter über getrunken hatte, des Morgens, wenn der von einem Fell umhangene Hirte seine blökende Herde vor die Tür des Hotels trieb. Er fürchtete sich auch nicht mehr vor der Alkove nach jener ersten Nacht, als er in Mutters Arm erwacht war, und lief gern auf seinen kleinen Holzschuhen durch das taufeuchte Morgengras am Acker entlang.

Aber das Schwierige, an das sie nicht gedacht hatte, weil sie es nicht kannte und nicht darum wußte, war die neue Richtung in seinem Denken.

Immerfort gebrauchte er Worte, die sie nicht verstand, sprach er über Dinge, die sie nicht einmal dem Namen nach kannte. Sie wußte nichts mit seinem Spielzeug anzufangen, woran allerlei Häkchen und Schlüssel saßen, an denen gedreht, oder worunter irgendein Brennstoff, von dem sie nie gehört hatte, entzündet werden mußte, damit es in Bewegung kam. Fokje stampfte zornig mit dem Fuß auf. Sie versuchte aufs Geratewohl, das Spielzeug zerbrach, er begann zu weinen.

Oft auch stellte er sich neben sie und lehnte sich an ihren Schoß, um eine Geschichte zu hören.

»Was soll Mutter ihrem Kleinchen denn erzählen?«

»Von Liederreich, der mit den Vögeln sprach, so wie Tante Klara.«

Dann stand sie hilflos da.

Er, der doch früher ganze Tage lang zufrieden gewesen, trotzdem er völlig sich selbst überlassen war, wollte jetzt keinen Augenblick mehr allein bleiben. Immerfort sollte sie mit ihm spielen. Aber das war doch nicht möglich, sie mußte ja für ihn arbeiten! An den Tagen, da sie zu Frau Plugge ging, war es am schlimmsten; er wollte nicht zu den Nachbarn, Großvater konnte um seinetwillen nicht daheim bleiben, sie durfte ihn nach dem einen Mal, als es die gutherzige Frau gestattet hatte, nicht wieder auf das Gehöft mitnehmen und konnte doch auch andererseits den Verdienst nicht entbehren.

Sie brachte ihn in die Klosterschule zu den Schwestern.

Obwohl es ihr ans Herz ging, hatte sie ihm seine langen Locken abgeschnitten, auf daß die Jungens ihn deßwegen nicht necken sollten. Sie zog ihm seinen ältesten und dunkelsten Anzug an und suchte das Spielzeug und die Bilder, die er am wenigsten entbehren würde, für die Kinder der Nachbarn zusammen, damit er schon gleich zwischen Freundchen sein sollte.

Die Nonne, die ihn in ihre Klasse bekommen hatte ein sanftes Gesicht und sprach freundlich über ihn mit Marretje. Auf dem Schulspielplatz brachte sie ihn zu einem kleinen Trupp, der singend umherzog..

»Zwei und zwei, in Schritt und Tritt
Gehen wir mit der Schwester mit.«

Um zwölf Uhr kam er heim inmitten der Kinder des Nachbars, mit einer jungen Amsel unter seinem Kittel, die ihm ein Knabe gegeben hatte im Austausch für sechs Marmeln und einen Kreisel, der während des Drehens Musik machte. Er wehrte sich nicht mehr, als er wieder gehen sollte.

Er spielte jetzt mit anderen Knaben, und begann von neuem so zu sprechen wie sie, hin und wieder mit possierlichen Flüchen und Schimpfworten. Und immer weniger hörte Marretje jene Worte, die ihr wie ein Stich durchs Herz gingen: Tante Klara.

An einem Sonnabend wollte sie ihn auf dem Rückweg von der Weberei abholen, um ihm ein Paar neue Holzschuhe anprobieren zu lassen.

Sie mußte lange warten, bevor sie an die Reihe kam mit dem Abwiegen, dann konnte der Patron das Geld nicht abzählen, und der Spuljunge, der zum Wechseln geschickt war, kam und kam nicht zurück. Steven van Es wollte nicht fertig werden mit dem Aufmachen eines soeben hineingetragenen Ballens Werg und dem Abwiegen und dem Einpacken von Marretjes vierzig Pfund: es war bald Eins, als sie sich auf den Weg machte.

Jetzt saß Fokje wartend vor ihrer geschlossenen Tür! Sie trabte beinah hinter ihrem schweren Schubkarren.

Er war nicht da, als sie atemlos das Haus erreichte. Sie rief ihn. Es kam keine Antwort. Sie lief zum Nachbarn. Die vier Knaben saßen beim Essen: Fokje sei mit ihnen heimgekommen und habe sich auf die Schwelle gesetzt, um zu warten, als er die Tür verschlossen gefunden. Ob er denn nicht mehr da sei?

Sie fragte im Nebenhaus und suchte den Garten ab zwischen den Johannisbeer- und Himbeersträuchern, immerfort rufend. Es kam keine Antwort. Ein Vorübergehender rief ihr vom Wege aus zu, daß er einen kleinen Knaben in Kleidern, so wie man sie in der Stadt trage, den Pfad zu van Dissel habe hinaufgehen sehen, etwa vor einer halben Stunde. Ein Junge, der dazu kam, meinte, daß er dann bestimmt nach dem »Kolk« gegangen sei, denn dort gäbe es Salamander zu fischen.

Wirr vor Angst eilte Marretje nach dem Tümpel. Aber die van Dissels hatten den kleinen Fok weitergehen sehen; sie gaben die Richtung an. Marretje atmete auf: er war nach Hartestein!

Sie vergaß ihren Kummer über diese Anhänglichkeit an »Tante Klara« ob der Freude, ihn geborgen zu wissen. Aber als sie den Gärtner fragte, der seine Pfeife rauchend vor dem Gitter stand, hatte er von Fokje weder etwas gesehen noch gehört.

Er ging, um es der gnädigen Frau zu sagen.

Sie kam auf Marretje zugeeilt, blaß vor Schrecken.

»Er ist nicht hier gewesen.«

Die Dienerschaft wurde ausgeschickt, nach links und nach rechts, die drei Mädchen, der Kutscher, der Diener, der Gärtner, die große Glocke der Meierei wurde geläutet, um die Arbeiter zusammen zu rufen. Herr van Walsum kam aus seinem Arbeitszimmer.

Er fragte streng, ob das Kind denn nicht beaufsichtigt werde. Kurz und sachlich erteilte er seine Befehle bezüglich des Absuchens des Landgutes und ging dann selbst, indem er die Dogge mitnahm.

Am Abend war Fokje noch nicht gefunden.

Die Nachricht wurde Marretje gebracht, die rastlos den Weg schon zweimal zurückgelegt hatte, um auf Hartestein nachzufragen, und dann wieder in der Umgebung ihres eigenen Hauses zu suchen.

Es wurde Nacht.

Steif auf ihrem Stuhl saß sie wartend da, ohne auch nur einen Gedanken im Kopf zu haben, völlig wesenlos.

Die Nachbarn kamen und klopften bei ihr an, steckten den Kopf durch die Tür, versuchten etwas zu sagen, um ihr Mut zuzusprechen, und schlichen mit mitleidigen Gesichtern wieder von dannen.

Mitternacht ging vorüber.

Großvater, der, die Ellenbogen auf den Tisch und den Kopf in die Hände gestützt, vor Erschöpfung in Schlaf gefallen war auf seinem Platz, stöhnte überlaut in seinem Traum.

Es wurde ein Uhr, zwei Uhr, das bleiche Frühlicht färbte den Weg weiß. Marretje ging ihn eine Strecke hinauf und kehrte zurück und lief wiederum nach der Biegung der Landstraße, ob denn immer noch nichts zu sehen sei.

Die Karren der Melker kamen vorüber auf dem Wege nach der Allmend; sie rief die Männer an, sie alle schüttelten den Kopf als Antwort auf ihre Frage.

Es ward Morgen: Arbeiter gingen an ihr Tagewerk. Mechanisch gab sie dem Großvater sein Brot und seinen Kaffee, irrte nach dem Hinterhaus, wo die Ziegen blökend standen und gemolken werden mußten, blickte wie geistesabwesend um sich, kam zurück, blieb mit schlaff herabhängenden Armen mitten in der Stube stehen und ging wieder hinaus auf die Landstraße.

Die Sonne schien glühend auf die Pflastersteine. Starr und still stand da das grau verstaubte Blätterwerk der Erlengebüsche am Grabenrand. Über den violett gesprenkelten Kartoffelfeldern zitterte die Luft. Es war nichts zu sehen.

Sie ließ sich am Wegrain nieder, von wo aus sie weit über die Äcker hinweg und auch nach ihrem Hause schauen konnte.

Ein Orgeldreher kam vorüber. Darauf ein Junge mit einem Äffchen auf der Schulter, der fragte, wie weit es noch sei bis zur Kirmes, und als er keine Antwort bekam, müde weiterging auf seinen wundgelaufenen Füßen, das Grimassen schneidende Äffchen auf seiner Schulter. Eine Weile darauf kam eine gebräunte schwarzäugige Zigeunerin, unter deren wirren rötlich-verbrannten Haarsträhnen Silberohrringe hervorglänzten, und die in einem bunten Tuch ihr Kind an der Brust trug. Sie blieb vor Marretje stehen und schaute sie mit ernsten Blicken an. Den Kopf zur Seite geneigt, und während sie mit einer instinktiven Gebärde ihren Säugling fester an die Brust drückte, murmelte sie schnell und leise ein paar unverständliche Worte in einem Ton mitleidigen Fragens.

Das Kind ließ ihre Brust los und gab einen wimmernden Laut von sich.

»Er ist fort!« schrie Marretje, in Schluchzen ausbrechend. Ihre Tränen strömten, die tödliche Starrheit in ihr entspannte sich. Sie begann zu beten, zum erstenmal in ihrem Leben mit ihren eigenen Worten, flehentlich, als ob sie Ihn, von dem sie mehr als ihr Leben erflehte, mit Augen vor sich sähe.

Endlich wurde sie ruhiger.

Ihr verweintes Gesicht mit den Händen trocknend, stand sie auf und ging heim. Es konnte nicht anders sein, sie würden ihn nach einer Weile bringen.

Hinter ihr her kam mit durchdringendem Hupensignal ein Automobil in voller Fahrt den Weg heruntergesaust. Das rasselnde Gefährt schoß vorüber und ließ eine wirbelnde Wolke von Staub und Gestank hinter sich.

Eine Sekunde stand Marretje unbeweglich: dann rannte sie hinter dem Wagen her.

Er war schon zum Stehen gebracht. Ein Feldhüter sprang heraus. Frau van Walsum reichte ihm Fokje hin. Fast in demselben Augenblick hatte Marretje ihn in ihren Armen.

Herr van Walsum war am frühen Morgen nach Wymenes und nach Kloosterhuizen gefahren, um eine Belohnung auszusetzen für das Auffinden des Kindes, und die Polizei in der Umgegend telegraphisch zu verständigen: und der Feldhüter hatte ihn gefunden in dem Zeltwagen eines Seiltänzers auf der Kirmes zu Inner-Enkum.

Soviel begriff Marretje endlich von dem, was er sagte und auch, daß er den Kleinen nach Hartestein gebracht hatte.

Aus Fokje konnte sie kein Wort herausbringen, als sie allein mit ihm war, und ihn, indem sie ihm sanft über das Haar streichelte, fragte, warum er denn auch fortgelaufen sei und wohin er eigentlich gewollt habe. Blaß und scheu saß er auf ihrem Schoß. Sie fragte stets wieder:

»Wolltest du Mutter suchen?«

Endlich nickte er bejahend.

Sie saß mit ihm auf der Bank vor der Tür an jenem Nachmittag, als der Seiltänzer mit einer johlenden Kinderschar hinter sich her, in springendem Trabe die Straße hinuntergetanzt kam, indem er auf dem Kopf stand und Purzelbäume schlug. Sie griff nach Fokje. Aber der mit Schellen behangene Mann, der mit seinem fleischfarbenen Trikot und dem scharlachroten sammetnen Lendenschurz beinah nackt erschien, kam gutmütig lachend auf ihn zu; und während die ganze Nachbarschaft sich um ihn drängte, erzählte er mit seiner heiser geschrienen Stimme, wie er den Kleinen ganz allein und verlassen auf dem Kloosterhuizener Weg gefunden habe, weinend vor Müdigkeit, und wie er ihn dann zu seinen eigenen Kindern in den Wagen gehoben: er habe nichts anderes gesagt, als daß er zu Tante Klara wolle.

Am Abend kam Frau van Walsum.

Sie saß lange an Fokjes Bett, wurde rot und blaß und ging endlich wieder fort, ohne gesprochen zu haben.

Der Großvater meinte:

»Den Reichen gehört eben doch nicht die ganze Welt.«

Marretje antwortete nicht.

Lange blieb sie an Fokjes Bett sitzen. Er warf sich unruhig im Schlaf hin und her. Es schien als sei sein Gesichtchen abgemagert. So blau und schwer hatten die Adern doch vor ein paar Wochen nicht an den wachsbleichen Schläfen gestanden.

Zwei Tage darauf kam Frau van Walsum zurück. Ihr Mann entstieg nach ihr dem Wagen.

Marretje war erstaunt.

Aber er sagte ihr sofort, warum sie gekommen seien: sie wollten den Kleinen an Kindesstatt annehmen.

Die Sache war zwischen den beiden Gatten lange besprochen worden.

Er hatte sich anfangs entschieden geweigert. Warum sollte man sich eine solche Verantwortung aufladen und eine täglich wiederkehrende Last und Sorge? Und konnten sich in diesem Arbeiterkinde, das jetzt noch reizend schien, nicht mit der Zeit allerlei Eigenschaften geringer Leute entwickeln? Er versuchte seiner Frau sogar klar zu machen, daß es für Fokje selbst nicht gut sein würde, wenn sie ihn seiner natürlichen Umgebung entrisse.

Sie aber beharrte und bestand stets fester auf ihrem Verlangen. Und da er aus einem Grunde, den er vor ihr verbarg, nicht nur Mitleid allein empfand für ihre leidenschaftliche Sehnsucht nach einem Kinde, und er sie auf seine Art doch auch liebte, hatte er zu guter Letzt und unter dem Eindruck ihrer Erregung über Fokjes Verschwinden und Wiederfinden seine Einwilligung erteilt und nur die eine Bedingung daran geknüpft, daß sie die Regelung der Angelegenheit völlig ihm überlassen müsse; denn gestützt auf seine Erfahrung hinsichtlich der den Bauern eigenen Habsucht war er schon lange darauf bedacht, die Mutter daran zu hindern, daß sie versuchen könne, ihn vermittelst des Kindes auszubeuten. Daß sie sich weigern könne es abzugeben, – der Gedanke kam überhaupt nicht in ihm auf.

Er sagte also, daß er und seine Frau den kleinen Volkert in ihr Haus nehmen und ihn erziehen wollten, als sei er ihr eigenes Kind, wenn sie, Frau Vos, endgültig auf alle ihre Mutterrechte verzichten wollte. Und in der sachlichen Weise, in der er den Bauern aus der Umgegend seine Vorschläge bezüglich des Ankaufes eines Ackers oder eines Stückes Wiesenland zu machen pflegte, setzte er seine Absichten auseinander, während seine Frau, unruhig erst und dann ängstlich, von ihm zu Marretje hinüberschaute, die regungslos dasaß mit einem blassen Gesicht, auf dem zwei rote Flecken zu brennen begannen.

Plötzlich ergriff sie Marretjes beide Hände.

»Denk doch an ihn, Marretje, denk doch an ihn! Es ist doch zu seinem Besten! Er ist ja so zart! Er wird nie ein Arbeiter sein können. Ich werde für ihn sorgen, damit er gesund und stark aufwächst und ein glücklicher Mensch wird.«

Die Tränen rannen ihr über die Wangen.

Mit einer fast rauhen Bewegung riß Marretje ihre Hände los.

»Mein Kind gehört mir, ich gebe es nicht ab.«

Während einiger Augenblicke blieb es still in dem Zimmer.

Herr van Walsum schob seinen Stuhl zurück, hüstelte ein paarmal und sagte, daß in einer so gewichtigen Angelegenheit ein Entschluß doch wohl nicht so übereilt gefaßt werden könne. Es handle sich ja nicht um ihre Rechte, – die kein Mensch antasten wolle, – sondern um das Wohl des Kindes, das ihr als Mutter doch vor allem andern am Herzen liegen müsse. Er wolle ihr gern Zeit zu ruhiger Überlegung lassen. Und er schritt zur Tür mit einem zwingenden Blick auf seine Frau, die sich vergebens mühte, ihre Tränen zurückzuhalten.

Vom Kopf bis zu den Füßen zitternd ging Marretje im Zimmer auf und ab. Mit kurzen hastigen Bewegungen, von denen sie selber nichts wußte, schob sie die Stühle, auf denen Herr und Frau van Walsum gesessen, wieder an die Wand. Ihr Herz pochte. Weil jene reich, und sie selber arm war, darum wagte jene Frau es, ihr das einzige, was sie besaß, auch noch nehmen zu wollen!

Sie hatte Fokje an sich gelockt mit Spielsachen und Leckerbissen. Ein Kind war nun einmal nicht anders, das war auf sein Vergnügen bedacht. War er wirklich so zart? Dann wollte sie selber schon dafür sorgen, daß er gesund und kräftig würde!

Von diesem Augenblick an erwachte der Gedanke in ihr und verließ sie nicht mehr, weder bei Tage inmitten ihrer Arbeit, noch auch in der Nacht, während sie sich seufzend in ihrem Bette umherwarf, der eine Gedanke: wie sie wohl so viel verdienen könne, daß Fokje es gut hätte.

Es kam ein langer Brief von Frau van Walsum. Sie wollte ihn nicht lesen. Die Banknoten, die dem Kuvert entfielen, brachte sie zurück. Selber würde sie für ihr Kind sorgen.

Von ihrem Vater hörte sie, daß der junge Patron – Steven van Es war van der Scheer's Schwiegersohn und zugleich sein Kompagnon geworden – künftighin Segelgarn spinnen lassen wolle, das, da sich nur wenige Frauen auf die schwierige und mühsame Arbeit verstünden, per Pfund um einen Cent höher bezahlt werde, als das Spinnen des Kuhdeckengarns. Er hielt die Sache geheim, weil er die vorteilhafte Arbeit Verwandten gönnen wollte; aber die mit reinem Flachs gefüllten Säcke aus Krommenie lagen schon auf dem Speicher.

Marretje machte sich, ungeachtet ihrer Angst vor Steven, auf den Weg, ihn um die Arbeit zu bitten und vertrat ihre Sache so gut, daß er ihr endlich versuchsweise einen Sack Flachs mitgab, unter der Bedingung, daß sie am kommenden Samstag mindestens fünfundvierzig Pfund abliefern müsse.

Marretje versprach es freudig.

Sie schaffte es, indem sie noch eine Stunde früher aufstand.

Aber es waren doch bei alledem nur neun Stuiver, die sie sich damit wöchentlich extra verdiente, und sie versuchte daher, noch etwas dazu zu bekommen, indem sie einen Kostgänger ins Haus nahm.

Die Armenverwaltung gab ihre Pfleglinge für zwei Gulden wöchentlich in die Kost. Unter den fünfen, für die sie gerade ein Unterkommen suchte, waren vier, die entweder krank oder so alt waren, daß ihr Alter an sich schon eine Krankheit bedeutete. Die fünfte, ein junges Mädchen, war idiotisch. Den Kopf vorgestreckt und den Oberkörper gekrümmt, lief sie im Trab durch das Dorf und sprach immerfort murmelnd vor sich hin.

Marretje zauderte, Fokjes wegen. Es mochte ja wohl wahr sein, daß die Krankheiten der Alten nicht ansteckend, und die Schwachsinnige so gutmütig, daß sie keiner Fliege ein Leides antun könne. Aber in dem einen engen Zimmer Tag und Nacht mit dem Kinde zusammen!

Zu guter Letzt nahm sie eine fast achtzigjährige Frau ins Haus, die an beiden Beinen gelähmt war und seit fünfundzwanzig Jahren das Bett nicht verlassen hatte. Wegen ihrer schlechten Laune und der Mühe, die sie durch Unsauberkeit verursachte, wollte niemand sie mehr haben; aber sie litt an keiner Krankheit.

Marretje trat ihr ihr Bett ab und zimmerte für sich selber im Hinterhaus, dicht am Ziegenstall, einen Bretterverschlag zurecht.

Wegen Fokje, den sie mit ihrem frühen Aufstehen stets aufzuwecken fürchtete, paßte es ihr ganz gut, da zu schlafen.

Sie gab ihm jetzt jeden Tag Butter auf sein Brot und auch in der Woche Fleisch, zwar heimlich, auf daß der Großvater es nicht merken und sich darüber kränken solle.

Er war mürrisch in der letzten Zeit, hatte an allem, was Marretje tat, was auszusetzen und sagte, »daß sie den Reichtum im Kopf habe, was das Kind anbeträfe, und daß es ihr noch danach ergehen würde«.

Marretje hatte auf seine ärgerlichen Ausstellungen niemals eine Widerrede: sie meinte, das sei gewiß die Barschheit eines alten Menschen, der mehr leisten mußte, als er wohl konnte; Steven van Es verstand es seine Leute arbeiten zu lassen.

Seine einstigen Kameraden fürchteten sich vor ihm. Sie blickten verstohlen zu dem Pult hinüber, an dem er vom Morgen bis zum Abend saß und rechnete und schrieb. Sogar der Spuljunge, der früher während der Arbeit wie ein Fink zu pfeifen pflegte, verhielt sich still. Zwaantje durfte den Knechten zur Vesperstunde keinen Kaffee mehr bringen, wie es stets Brauch gewesen. Still betrat der alte Patron die Werkstatt und blickte sich mal um, bis Steven van Es ihn über seine Bücher und Briefe hinweg anschaute. Dann hustete er und ging, stiller noch, von dannen.

Beim Nachprüfen der Arbeit und bei der Ausbezahlung des Lohnes am Sonnabend ließ er sich gar nicht mehr sehen.

Die Weber mußten es hinnehmen, so wie es van Es beliebte. Immer entdeckte er Fehler im Gewebe, wofür dann vom Lohn abgezogen wurde. Und beim Kaufmann war alles um Cents und halbe Stuiver teurer geworden, von dem Salz und der Seife bis zu den Kleidern.

Kettingmakers wagte kein Wort der Widerrede. Gleich als fände er einen Trost darin, sprach er viel von der alten Zeit, da alles besser gewesen.

Vater und Mutter und die Kinder, acht an der Zahl, hätten zusammen in dem Verschlag gearbeitet, den Großvater, als er heiratete, selbst an das Häuschen angebaut. Vater und die Jungen webten, Mutter und die Mädchen spannen.

Es wurde dazumal doch auch tüchtig gearbeitet, aber der eine half dem andern, und gar zu müde war niemand am Abend.

Ihm fielen die Liedchen ein, die seine Schwestern mit ihren hellen, die Mutter mit ihrer tiefen Stimme zusammen sangen.

> Herr Halewin sang ein Lied so fein
> Und wer das hörte, wollt' bei ihm sein.

> Das hörte des Königs Töchterlein,
> Gleich wollte sie zu dem Ritter fein.

> Vor ihre Mutter stellt' sie sich hin,
> Frau Mutter, laßt mich zum Halewin hin.

> Ach nein, meine Tochter, nein du nicht,
> Die zu Halewin gehen, die kehren nicht.

Er blieb stecken. Er fragte Marretje, wie es doch weiter ginge? Sie wußte es nicht, sie kannte keine Lieder, ihre Mutter hatte nie gesungen.

Er versank in Gedanken, während er murmelte, nein, das sei richtig, sie allerdings nicht mehr ... Und aus langem Grübeln wieder erwachend, sagte er plötzlich, daß seine Eltern stets geglaubt hätten, sie würden mal bessere Tage sehen. Oftmals hätten sie davon gesprochen, wie es wohl würde, wenn sie eine kleine Fabrik begründen könnten: sie hätten ja die Werkstatt, sie hätten das Arbeitsgerät, und die Arbeitshände hätten sie, die ihrer zehn, ebenfalls. Aber das Geld, um Flachs einzukaufen und ohne Verdienst auszuhalten, bis die Decken abgesetzt und bezahlt wären, das hätten sie niemals zusammenbringen können, nicht mit Scharren und Sparen und Borgen; und so sei denn alles beim alten geblieben.

Der alte Weber sagte mit seiner klanglosen Stimme: »Schwer arbeiten und Geld verdienen, das ist zweierlei, sonst brauchte ja wohl kein Mensch arm zu sein.«

Fokjes wegen sann Marretje auch wohl manchmal über solche Dinge nach. Frauenarbeit verlohnte sich nun einmal am allerschlechtesten. Aber eines schönen Tages hörte sie von Männerarbeit, die sie eigentlich ebensogut verrichten könnte: das Melken der Kühe in der Allmend.

Im Dorf herrschte seit einer Versammlung, in welcher ein Bauernknecht aus Friesland gesprochen hatte, zwischen den Bauern und den Allmendgängern Uneinigkeit bezüglich des Lohnes. Statt zehn Stuiver wie bisher, verlangten die Knechte wöchentlich elf für eine Kuh. Die Kätner, die selbst eine Kuh in der Allmend weiden ließen und sich einen Nebenverdienst verschafften, indem sie für die reichen Bauern melkten, schlossen sich ihnen an; darauf machten auch die Melker aus Wymenes, Enkum und Kloosterhuizen mit, und schließlich mußten die Bauern nachgeben.

Nur Plugge und zwei seiner Nachbarn, kleine Bauern, die von ihm abhängig waren, verweigerten die Lohnerhöhung. Plugge hatte seinen Knecht, der schon seit zwölf Jahren auf dem Gehöft gearbeitet hatte, fortgejagt, weil er seinen Sohn in die Allmend zu schicken beabsichtigte; aber die Frau, die es ihr Lebtag noch nicht gewagt hatte nein zu sagen, wenn der Patron ja sagte, hatte diesmal ohne Umschweife erklärt, daß sie Elbert nicht in die Allmend gehen lassen würde; denn die Verunstaltung, die unausgewachsene Hände durch das Ziehen und Zerren an den zähen Eutern erleiden, wollte sie an dem hübschen jungen Burschen, ihrem einzigen Sohn, nicht sehen. Plugge mußte nun selber gehen. Und, grimmiger mit jedem Tage, stand er morgens um halb drei auf zu der langen Fahrt mit dem Hundekarren, fluchend ob der Schmerzen in seinen gichtbrüchigen Knochen, und am Nachmittag um halb drei ging er zum zweitenmal.

Eines Tages, als sie es wieder sah, wie er mit seinem bitterbösen Gesicht heimkam und die beiden Karrenhunde mit einem Fußtritt in ihre Hütte jagte, ging Marretje auf ihn zu und sagte, daß *sie* wohl zum Melken gehen wolle.

Der Bauer und seine Frau sahen sich an, als glaubten sie, daß es mit ihr nicht ganz richtig sei.

Die Frau schlug die Hände zusammen, während sie ausrief: das könne doch nicht »angehen«, daß eine Frau Männerarbeit verrichte.

Und sie fragte Marretje, ob sie denn niemals von Jans Blom gehört habe, die vor fünfundzwanzig Jahren von einer bösartigen Kuh totgestochen worden, als sie ihrem Schatz nach wollte in die Allmend.

Der Bauer meinte kopfschüttelnd, daß die Knechte sie ja nicht auf die Wiese lassen würden.

Aber Marretje, die sich alles wohl überlegt hatte, sagte entschlossen: »Ich kann es wirklich tun.«

Plugge dachte nach.

Mit raschem Überlegen rechnete er aus, daß er nicht nur über die Melker den Sieg davontragen und die Lohnerhöhung umgehen würde, sondern daß er auch noch einen kleinen Vorteil von ein paar Stuiver wöchentlich erzielen könne, indem er für seine beiden Nachbarn, die sich daran beteiligen sollten, die Milch beförderte; – Marretje könnte dann neben dem Wagen herlaufen, wenn es etwa für die Hunde zu schwer werden sollte.

Nachdem er sich also lange genug geweigert und Schwierigkeiten gemacht hatte wegen der Unschicklichkeit, dem Brauch zuwiderzuhandeln, und wegen des Schadens, den die Milch vielleicht erleiden könne, wenn die Kühe scheuten vor ihren Röcken und wegen des unordentlichen Melkens von Frauen, die keine Kraft in den Händen hatten und immer den letzten, den »Buttertropfen« im Euter sitzen ließen, sagte er endlich und zu guter Letzt, daß er es, um ihr, der Wittfrau, zu helfen, dann nur »riskieren« und sie als Melkerin anstellen wolle, natürlich für einen Stuiver weniger per Kuh, als er seinem Knecht gegeben habe, weil es ja doch nur Weiberarbeit sei, die sie leiste. Bei seinen Nachbarn, von denen ein jeder drei Kühe in der Allmend grasen ließe, wolle er dann auch noch ein gutes Wort für sie einlegen.

Marretje war überglücklich.

Um die Hunde, zwei große, zottige Tiere mit funkelnden Augen, die sie, wild an ihrer Kette zerrend, ankläfften, an Marretje zu gewöhnen, ließ Plugge sie von ihr füttern. Am ersten Tage ging er mit in die Allmend, um sie zu seinem Vieh zu bringen. Er ermahnte sie, daß sie doch nur ja kein hellfarbenes Halstuch tragen solle: je weniger die Tiere von ihr sähen, desto besser sei es, denn es liefen ein paar bösartige herum in der Weide, ohne Klotz.

Plugges Kühe weideten am Seedeich entlang. Marretje mußte über die ganze Breite der Wiese hinüber.

Zusammengekauert saß sie hinter den Fässern auf dem Milchkarren, während die flinken Hunde den gewundenen Pfad hinuntertrabten, zwischen den weidenden Tieren hindurch.

Am Deich machten sie von selbst Halt. Die Kühe kamen ihnen bereits entgegen. Allen voran lief stets eine Rotscheckige, vor der Plugge Marretje gewarnt hatte, weil sie stößig sei.

Ein ganzes Ende hinter den andern her kam allein ein schönes, junges, glänzend weiß und schwarzes Tier mit einer Blässe auf der Stirn und mit so vollen Eutern, wie keines der anderen, es war Bles! Plugge hatte beiläufig erzählt, daß sie in der Tierarzneischule in der Stadt genesen und mit einem schönen Kälbchen zurückgekommen sei, das er schon vorteilhaft verkauft habe.

Marretje hatte stets nur ihre Ziege gemolken. Von dem pressenden Ziehen an den schweren, zähen Eutern schwollen ihr die Finger an und wurden steif. Jedesmal, wenn sie bei der letzten der dreizehn Kühe anlangte, meinte sie, daß sie es nicht mehr fertig bringen könne. Sich Gewalt antuend und mit Tränen in den Augen hielt sie stand. Sie dachte an das, was der Patron gesagt, und sie wußte, daß ihr die Melker von allen Seiten auf die Finger sahen.

Wenn endlich der letzte Tropfen herausgepreßt war, schleppte sie mit einer Anspannung, unter der sie ihre Schultern krachen fühlte, die großen, bis an den Rand gefüllten Fässer auf den Karren. Von selbst zogen die Hunde an.

Langsam zogen sie die schwere Last über den holperigen Pfad, der sich in Windungen durch die Wiese hinzieht. Die weidenden Kühe hoben den Kopf, wenn sie hinter dem Karren Marretjes Röcke flattern sahen. Mit beiden Händen preßte sie die Falten an sich und verbarg sich, so gut sie konnte. Die Tiere kamen auf sie zu mit schwerem Tritt und unruhigem Schnauben: sie senkten die Hörner. Sie wußte, daß die ganze Herde sie verfolgen würde, falls sie die Flucht ergriffe; und während ihr das Herz bis in den Hals schlug, blieb sie an der Seite der im Schritt gehenden Hunde. Am meisten

fürchtete sie sich vor einem plumpen fahlen Tier mit stierartig breiten Hörnern und in weißen Kreisen schier stehenden Augen, das
stets unerwartet auf sie zukam. Wenn sie das zornige Gebrüll nur
von weitem hörte, begann sie schon zu zittern. Eines Tages hörte sie
es plötzlich, während sie mitten auf der Wiese beim Melken war.
Eine Viertelstunde im Umkreis kein Baum, kein Strauch, kein Zaun,
hinter dem sie sich hätte verbergen können. Die Hörner gesenkt,
kam die fahle Kuh auf sie zu. Um Hilfe schreiend sprang sie auf
und entfloh, wußte in ihrer Angst nicht, wo sie lief, bis sie plötzlich
vor dem Kanal stand und auch schon bis an die Knöchel in den
sumpfigen Boden einsank. Die Kuh war dicht hinter ihr. In ihrer
Verzweiflung riß sie einen vermoderten Pfahl aus dem Boden und
ließ ihn in weitem Bogen mit aller Macht auf den wilden Kopf niedersausen. Das Tier stand still. Sie schlug nochmals und zum drittenmal: es machte Kehrt.

Als sie auf Händen und Knien wieder auf den festen Wall gekro-
chen war, sah sie drei Männer, die sich das grinsend angesehen
hatten.

Die Melker ließen es Marretje entgelten, daß sie ihnen »ins Brot
tastete«. Sie ging ihnen aus dem Wege. Sie riefen ihr Schimpfnamen
nach und schmutzige Worte. Am schlimmsten trieb es ein Arbeiter,
der eine große Familie zu ernähren hatte und es Sünde und Schande
nannte, daß sie mit einem Vater, der noch arbeiten konnte, und mit
einem einzigen Kind, für das Frau van Walsum sorgte, – denn so
glaubten die Menschen im Dorf, – aus eitel Habgier einem andern
das Brot nahm. Er schwärzte sie im Dorf so sehr an, daß niemand
ihr mehr ein gutes Wort gönnte, und er hatte schon einmal, dicht an
ihr vorübergehend, während sie beim Melken saß, wie aus Verse-
hen mit seinem schweren Holzschuh gegen ihren Schemel getreten,
so daß der Fuß darunter entzweiging und sie hinten überfiel. Ein
anderer lauerte stets auf eine Gelegenheit, ihren Eimer umzustoßen.
Ein Bengel von etwa siebzehn Jahren hatte schon dreimal ihr Faß
umgewälzt, so daß die Milch herauslief.

Marretje verhielt sich still zu alledem. Endlich ließen sie sie,
wahrscheinlich, weil es sie zu langweilen begann, in Ruhe.

Der Sommer war glühend heiß, ohne einen Tropfen Regen oder
einen Windhauch, Wochen und Wochen hindurch. Die kahle Wiese

ward von der Sonne versengt. Aus den Furchen zwischen dem bräunlich gewordenen Gras schlug scharf riechende Hitze empor. Es fiel Hitze aus dem feuerblauen Himmel. Hitze entstieg dem Meer, das weißlich glühend dalag, wie geschmolzenes Metall. Die zitternde Luft selber war Hitze. Das Vieh regte sich nicht aus den schmalen Weidenschatten, die hier und dort, an den Gräben entlang und bei den Dämmen und Zauntoren verstreut auf dem brennend heißen Boden lagen. Schweißtriefend schleppte Marretje ihre Eimer durch die grelle Sonne. Der Boden schwankte vor ihren Füßen, gleich als müsse sie mit jedem Schritt ins Leere treten. Die schwarz-weiß-roten Flecken der lagernden Tiere, die Starenschwärme, die wie Mäuse am Boden wimmelten, das Glitzern des zu lauterem Licht gewordenen Wassers, der feuerblaue Himmel, an dem blendend weiße Mövenscharen schwenkten, begannen ihr vor den Augen zu drehen. Sie preßte, von Schwindel ergriffen, die Hände vors Gesicht. Zeitweise glaubte sie dem Licht und der Hitze erliegen zu müssen. Wenn sie die dreizehn Kühe gemolken hatte, schnitt sie am Seedeich entlang, wo die Tiere wegen des stacheligen Wirrwarrs von Brombeerranken, dornigem Leinkraut und Disteln nicht weideten, hastig noch ein wenig Gras für die Ziegen, indem sie sich unter dem rauhen Gestrüpp, das ihr die Arme blutig ritzte, so weit wie möglich verkroch. Denn es gibt wohl ein Sprichwort: »Wer eine Ziege hat, stiehlt Gras«, und gar so genau nimmt es auch wohl keiner, wenn ein Armer ihm etwas wegschneidet von dem Rand seines Ackers oder aus seinem Graben; aber wegen des Neides der Melker wollte sie sich nicht von ihnen erwischen lassen. Und beim Nach-hausefahren versteckte sie die gefüllte Schürze zwischen den Milchgefäßen. Diese heimlich ergriffene Hand voll war ihr einzig Teil von dem unermeßlichen Reichtum der Allmend.

Ihr Arbeitstag dauerte jetzt von halb drei Uhr des nachts bis des Abends um acht.

Oftmals, wenn sie den Wecker ablaufen hörte, war sie noch so schläfrig, daß sie mit geschlossenen Augen zur Tür hinaus ging. Erst vom schrillen Kläffen der Hunde, die sie vor den Karren spannte und der holperigen Fahrt über die Landstraße im kühlen Früh-morgenwind, der ihr ins Gesicht blies, wachte sie völlig auf.

Wenn die Morgenarbeit auf der Wiese und bei den drei Bauern beendet war, begann die Arbeit im Stall, im Hause und am Spinnrad, und nach dem Mittagessen konnte sie so rasch nicht alles forträumen, daß es nicht schon beinah wieder zu spät war für die Allmend, und sie mußte laufen was sie nur konnte, zu Plugge, der schon vor der Dielentür stand, um nach ihr auszuschauen, und sie mürrisch fragte, wo sie doch bliebe? Was Pünktlichkeit anbeträfe, könne man sich doch nie auf die Weibsleute verlassen! Wenn sie zurückkam mit der Milch, mußte sie sie in den Keller tragen und die leeren Gefäße ausspülen helfen. Auf dem Heimwege trabte sie beinah, um Fokjes willen, der wartend allein auf der Straße herumlief, und wegen all der Arbeit, die noch verrichtet werden mußte, bevor sie für den Abendbrei sorgen konnte. Um halb acht kleidete sie Fokje aus und badete ihn so wie Frau van Walsum es ihr gezeigt hatte. Wenn sie dann das Geschirr fortgeräumt und Großvaters Brot und Kaffee bereit gestellt hatte für den folgenden Morgen früh, weil sie schon in der Allmend war, wenn er zu Plugge mußte, hatte sie ihr Tagewerk vollbracht.

Sie fiel auf ihr Bett, oftmals noch halb angekleidet. Durch das Fenster, dessen Läden sie zu schließen vergessen hatte, schien ihr die Abendsonne ins Gesicht.

Des Sonntags konnte sie, wenn sie sich beeilte, noch gerade rechtzeitig heimkehren aus der Wiese, um sich zum Kirchgang umzukleiden. Bis zur mittägigen Melkstunde hatte sie dann den Tag frei, um mit Fokje zusammen zu sein.

Sie kleidete ihn gemächlich an, mit allerhand kleinen Sorgen, zu denen sie in der Woche niemals Zeit hatte, und saß zufrieden bei ihm, wenn er sein Brot aß, das sie ihm, weil es Sonntag war, mit Zucker bestreut hatte. Darauf setzte sie sich mit ihm auf die Bank, die vor dem Hause stand.

Die Menschen kamen vorüber auf dem Wege zur Kirche, die Männer schwarz, die Frauen bunt gekleidet, mit glitzernden Ohreisen und geblümten Halstüchern, worauf goldene Kreuzchen und Ketten blitzten. Fokje saß da und sah sich das alles an, still wie ein Erwachsener.

Auf die Straße und zu den anderen Knaben zog es ihn nicht. So wie dereinst auf dem »Bunten Stein«, saß er am liebsten allein in einem Winkel mit dem alten Hunde der Tagelöhnerkinder, den er eines Tages mitgebracht hatte aus dem Dorf, triefend vor Entengrün und Schlamm, den Stein, der nicht schwer genug gewesen war, um ihn zu ertränken, noch um seinen kahlen, blutig geriebenen Hals. Der Überschuß an Kraft und Frohsinn, der ein Kind nicht still bleiben läßt und der ihn damals, wohl ebenso sehr wie das Verlangen nach Tante Klara von der verschlossenen Haustür hinweggetrieben hatte, war schon längst geschwunden.

Frau van Walsum hatte nie den Versuch gemacht, ihn wiederzusehen. Aber eines Abends begegnete Marretje ihr auf einem schmalen Pfad zwischen Hecken, und sie blieb stehen und errötete bis in die Schläfen und bis in den Nacken. Ohne zu wissen warum, und wiewohl sie es gerade nicht wollte, sagte Marretje:

»Er ist gesund und ich tue alles für ihn, so wie die gnädige Frau gesagt hat, daß es sein müsse.«

Die junge Frau ergriff Marretjes Hand: »Ich danke dir, liebe Marretje, ich danke dir!«

Und obgleich sich das auf nichts bezog, begriff Marretje es dennoch, begriff sie auch, wie innig Frau van Walsum Fokje lieb haben und wie sehr sie sich nach ihm sehnen müsse, um sich über ein einziges Wort, das ihn betraf, so sehr zu freuen. In ihrem Herzen erwachte eine weichere Regung für sie. Und sie war doch auch wirklich sehr gut für Fokje gewesen.

Marretje grübelte viel darüber nach, wie sie ihn wohl durch den Winter hindurch bringen könnte, die böse Zeit, wenn man so viel braucht und so wenig verdient. Nicht lange mehr, und es würde aus sein mit dem Melkerlohn.

Es war Herbst geworden.

Des Morgens in der Frühe lag der Polder da wie ein dünnes, weiß sich dehnendes Meer. Die kalten Wogen, die einen üblen Sumpfgeruch ausströmten, umspülten den Melkern das Gesicht, wenn sie in dem nassen Grase neben den Tieren niederhockten. Ihre Hände, die sie über Kreuz kräftig gegen die Schultern schlugen, wurden ganz starr während der Arbeit; sie fühlten, wie ihnen die kalte Feuchtigkeit durch die Kleider bis auf die Haut drang. Um den erstarrten

Körper wieder zu beleben, trabten sie auf dem Rückweg neben ihren Karren her.

Marretje hustete so, daß sie des Nachts nicht schlafen konnte. Sie bezwang sich, um Fokje nicht aufzuwecken, bis ihr vor Beklemmung der Schweiß auf die Stirn trat und der Husten zerreißend losbrach. Alles an ihr tat weh. Ihr Gesicht war grau und scharf geworden, gleich als sei jedes Lot Fleisch mit einem Messer von den Knochen abgeschabt. Zwischen Jochbein und Kiefern zeigte sich eine scharfe Einsenkung, die Augen lagen tief in ihren Höhlen, die Lippen waren dünn. Und die Kleider hingen ihr weit und hohlfaltig um die Glieder.

Halb mitleidig, halb schadenfroh meinten die Bauern aus der Nachbarschaft, »daß sie es sich vom eigenen Körper abnähme« mit der Allmendarbeit.

Aber mit jedem Tage war wieder ein Tagelohn gewonnen, jetzt, da es zum Winter ging, und sie hätte wohl gewünscht, daß die allzu schwere Arbeit bis zum November dauern möge, wenn es nicht gerade Fokjes wegen gewesen wäre.

Er war blaß und unlustig, wollte nicht essen, was Marretje sich auch ausdenken mochte, um es ihm recht zu machen, und bat immer nur, ob er zu Bett und schlafen und aus der Schule wegbleiben dürfe. Die Nachbarin riet ihr, ihn mal vierzehn Tage zu Hause zu behalten, das hätte ihrem Jungen auch gut getan. Aber das ging doch nicht, wenn sie den ganzen Nachmittag von Hause fort war. Es sei doch nichts rechtes, dachte Marretje jetzt oft, wenn eine Mutter durch Arbeiten außer dem Hause die Kost verdiene: dabei werde mehr verdorben, als man mit Geld wieder gutmachen könne.

Als sie anfangs Oktober an einem Sonnabendmorgen mit steifen und schmerzenden Gliedern vom Frühmelken kam, sagte ihr Plugge, daß sie nicht wiederzukommen brauche. Er bekäme einen Jungen ins Haus, dessen Vormund er geworden, an dem er einen Knecht ohne Lohn haben könne, der ihm außerdem für Kost und Logis etwas einbringe. Noch an dem nämlichen Nachmittag solle Knelis in die Wiese, und für die beiden Nachbarn könne er es gleichzeitig mit besorgen. Halb enttäuscht, halb erleichtert ging Marretje heim, mit dem letzten Melkgeld, wovon Plugge für die Mittagsarbeit mehr abgezogen hatte, als es ihrer Berechnung nach wohl stimmen konnte. Und um zwölf Uhr holte sie Fokje ab, um der Schulschwester zu sagen, daß sie ihn ein Weilchen zu Hause behalten wolle. Die Nonne mit dem freundlichen Gesicht sagte, es geschehe häufig, daß Kinder aus der Schule bleiben müßten, und sie habe auch schon mal daran gedacht, die Fenster ein wenig mehr zu öffnen, so wie der Arzt das wünschte, aber der Zug könne solchen Kleinen doch auch so sehr schaden, nicht wahr? Sie riet Marretje, ihn bei dem schlechten Wetter drinnen zu behalten, aber nur ja nicht im Hinterhause in der Nähe ihres Spinnrades: das wisse ja wohl ein jeder, wie schädlich die stäubenden Fasern für Kinder seien! Und von der Pforte aus, vor der sie stand, die Hände in den weiten Ärmeln, nickte sie den beiden, die sich nach ihr umschauten, nochmals freundlich zu.

Es regnete; ein feuchtkalter Wind trieb die gelb gewordenen Blätter an ihnen vorüber. Marretje, die Fokje ihr Umschlagetuch umgebunden hatte, lief eilig, den Kleinen an der Hand. Nun konnte sie doch endlich mal so recht für ihn sorgen!

Allein entsetzt blieb sie auf der Landstraße vor dem Hause stehen. In Schmutz und Regen stand da der ganze Hausrat. Und durch die weit geöffnete Tür sah sie den Vater, der dabei war, mit Hilfe eines Zimmermanns den Webstuhl in der Stube aufzustellen.

Steven van Es, der den Bodenraum zu der vorteilhafteren Teppichweberei brauchte, schickte seinen Deckenwebern nunmehr die Arbeit ins Haus.

»Im Zimmer«! rief Marretje. »Wo das Kind ist!«

Der alte Kettingmakers wandte ihr sein graues, mattes Gesicht zu:

»Im Hinterhaus ist ja kein Platz.«

Marretje wußte es wohl: mit dem Ziegenstall und dem Verschlag für die Hühner und dem Holz und den Kartoffeln und dem Spinnrad war es dort so eng, daß es sie schon Mühe gekostet hatte, auch noch ihre Schlafstelle einzurichten. Aber nichtsdestoweniger wiederholte sie, daß das nicht anginge, der Webstuhl in dem Zimmer, wo Fokje sich den ganzen Tag aufhalten mußte und wo er des Nachts schlief! Großvater antwortete, der Patron wisse darum und wünsche es so. Und weil er sonst nicht genug fertigbringen könne, jetzt, da er sich ohne den Spuljungen behelfen müsse, solle Fokje künftighin spulen.

Marretje wurde blutrot.

»Das leide ich nicht! Es hat seinen Vater umgebracht, es soll nicht auch ihn umbringen!«

Der Alte stand einen Augenblick wie unschlüssig, dann aber wiederholte er mit seiner matten Stimme:

»Der Patron hat es befohlen.«

Trotz ihrer Angst vor van Es lief Marretje in die Fabrik. Aber der ließ sie nicht einmal zu Worte kommen. Er schrie ihr zu, daß sie und der Vater sich alle beide hinausscheren sollten, wenn die Arbeit ihnen nicht passe. Kuhdeckenweber und Spinnerinnen gäbe es in Holthum ja mehr als genug! Sie wußte es nur allzu gut. Mit einer drohenden Bewegung trat er auf sie zu, als wolle er sie gleich zur Tür hinauswerfen. Der Mut entsank ihr. Was sollte aus dem Kinde werden, wenn er sie entließ, sie selber und den Großvater?

Als sie heimkam, war der Webstuhl schon aufgestellt.

Er stand vor dem Fenster. Die ganze Breite des Zimmers, von einer Wand bis zur andern, nahm er ein; all der Hausrat war beiseite und in die Ecken geschoben, um Platz zu schaffen.

Vom Morgen bis zum Abend saß der Großvater nun daran, die Spule tickte, die Fasern flogen. Neben ihm, auf dem Boden, hockte Fokje, die Garnwinde zwischen die Füße geklemmt und spulte. Er tat es unwillig und verdrießlich und fragte immerfort, ob er denn noch nicht spielen gehen dürfe. Der Alte mußte ihm drohen, um ihn bei der Arbeit zu halten. Im Hinterhaus, wo sie stand und in atemloser Hast spann, hörte Marretje es.

Sie hielt die Tür nicht mehr geschlossen jetzt: es war im Zimmer ebenso schlimm wie bei ihr. Die Fasern wirbelten durch die Luft: sie klebten an der Fensterscheibe, am Hausrat, in den Falten der Bettvorhänge. Wenn sie hineinschaute, sah sie den Großvater und Fokje in einem dünnen, zitternden Nebel. Großvater hüstelte, räusperte sich und spuckte aus.

Die lahme Frau in der Alkove begann zu husten. Nach einer Woche hustete Fokje auch.

Der Laut schnitt ihr ins Herz.

Jetzt war es noch viel schlimmer als damals, da Tymen krank war und sie das Kind vor Ansteckung schützen mußte. Die Ansteckung der Arbeit ging nicht vorüber, niemals, vor *ihr* konnte sie ihn nicht schützen. In der Nacht hörte sie die rauhen, heiseren Atemstöße aus der zarten, kleinen Brust. Und während sie, aufrecht im Bett sitzend, in Angstschweiß gebadet, hinhorchte, fühlte sie wie es näher und näher kam, das Allerletzte, das Schlimmste, dem sie nicht mehr entweichen durfte, weil es das einzige war, das ihn retten konnte. Und schon wußte sie, wenn sie es auch nicht wissen wollte, daß sie nun selber jene reiche Frau bitten würde, das Kind zu sich zu nehmen.

VII.

Sankt Nikolaus war gekommen.

Für ihr letztes Geld hatte Marretje für Fokje ein Halstuch gekauft, und weil er mit so begehrlichen Augen vor dem Schaufenster des Bäckers gestanden, auch noch ein Sankt Nikolausmännchen, das nicht gar so teuer, weil es entzwei war.

Er saß damit ganz still in einer Ecke, als plötzlich die Tür aufflog, und während eine rauhe Stimme rief:

»Von Sankt Nikolaus für Volkertje Vos!« ein großer Gegenstand ins Zimmer geschoben wurde.

Es war ein Schaukelpferd, fast so groß wie ein Pony, prächtig braun und weiß gefleckt, mit flockiger Mähne, einem Schweif, der bis auf die Hufe herunterhing und auf dem Rücken einem ledernen Sattel mit Steigbügeln zu beiden Seiten. Es hatte glänzende schwarzbraune Augen, aufgesperrte Nüstern und im Maul ein stählernes Gebiß, an dem die Zügel befestigt waren. Quer vor seinen Hufen lag eine kleine Reitpeitsche.

Fokje ließ die zwei Stücke des Sankt Nikolaus-Männchens fallen. Rot vor Schrecken und Freude stand er vor dem Pferdchen. Nachdem er es lange genug angesehen, es erst schüchtern berührt und dann mit beiden Händen zugleich gestreichelt und geklopft hatte, kletterte er in den Sattel, ließ seine Holzschuhe fallen und setzte die strumpfbekleideten Füße in die Steigbügel. Das Pferd begann zu schaukeln, als er sich vornüberneigte nach der Reitpeitsche. Er erschrak einen Augenblick. Aber sogleich saß er wieder aufrecht und schaukelte so sehr er nur konnte. Er lachte, rief Hottehüh! und vorwärts Brauner!, schlug mit der kleinen Peitsche darauf los und hüpfte, bis die Locken um sein glühendes Gesichtchen tanzten. Als er endlich nicht mehr konnte, wollte er einen Lappen haben, um das Pferd abzureiben; er machte es so, wie er es den Kutscher auf Hartestein hatte tun sehen, wenn die Pferde schweißtriefend von der Fahrt heimkehrten.

Die Augen voller Tränen, die sie nicht mehr zurückzuhalten vermochte, sah Marretje zu.

Plötzlich sagte der Kleine:

»Mutter, wann habe ich Geburtstag?«

Sie ahnte, was nun kommen würde. Und trotzdem sie den schweren Entschluß nun bereits gefaßt, begann sie am ganzen Körper zu zittern.

Er fuhr fort:

»Wenn ich wieder Geburtstag habe, darf ich auf dem Pony reiten, hat Tante Klara gesagt.«

Sie antwortete mühsam.

»Möchtest du zu Tante Klara zurück?«

Fokje stieß einen Freudenschrei aus.

»Dann wird Mutter dich hinbringen«, sagte das arme Weib.

»Gleich morgen?«

»Morgen, wenn du so gern willst.«

»Und ich darf den ganzen Tag bleiben? und nächsten Tag darf ich wieder hin? und nächsten wieder?«

»Den ganzen Tag sollst du bleiben, und den nächsten auch, und alle Tage, immer, so lange du willst.«

Fokje sprang vor Freude.

Aber ein plötzliches Bedenken kam ihm.

»Du mußt mitkommen«, sagte er und griff nach der Mutter Hand.

Aufschluchzend zog Marretje ihn an sich. Er sah sie erschreckt an.

»Du mußt mitkommen«, wiederholte er, indem er selber anfing zu weinen.

Schnell trocknete Marretje ihre Tränen.

»Ich komme ja mit, mein Herzchen, ich komme ja mit! Nur nicht gleich, und du sollst die Tante nicht darum bitten, hörst du? Später komme ich dann schon.«

Er lächelte schon wieder, und indem er das wunderschöne Pferd bei der Mähne faßte, schwang er sich hinauf und begann wieder aus allen Kräften zu schaukeln.

»So werde ich den Pony reiten! Schau Mutter! So reite ich den Pony!«

Endlich bekam sie ihn ins Bett. Die Peitsche mußte auf der Decke liegen und das Schaukelpferd so dicht am Bett stehen, daß er es fühlen konnte, wenn er die Hand ausstreckte.

Lange saß Marretje bei ihm. Immer wieder streichelte sie sein erhitztes Gesichtchen mit ihrer schweren, kalten Hand.

In der Nacht kam sie nochmals zurück: barfuß stand sie an dem Bett, vor die Flamme des Spinnlämpchens hielt sie schützend ihre Hand. Indem die langsamen, schweren Tränen über ihre Wangen flossen, blickte sie auf das kleine Gesicht, das jetzt wieder so schmal war und so blaß.

»Ich vermag es ja nicht, mein Kind. Ich bin zu arm.«

Am Morgen brachte sie ihn zu Frau van Walsum.

Über tredition

Eigenes Buch veröffentlichen

tredition wurde 2006 in Hamburg gegründet und hat seither mehrere tausend Buchtitel veröffentlicht. Autoren veröffentlichen in wenigen leichten Schritten gedruckte Bücher, e-Books und audio-Books. tredition hat das Ziel, die beste und fairste Veröffentlichungsmöglichkeit für Autoren zu bieten.

tredition wurde mit der Erkenntnis gegründet, dass nur etwa jedes 200. bei Verlagen eingereichte Manuskript veröffentlicht wird. Dabei hat jedes Buch seinen Markt, also seine Leser. tredition sorgt dafür, dass für jedes Buch die Leserschaft auch erreicht wird.

Im einzigartigen Literatur-Netzwerk von tredition bieten zahlreiche Literatur-Partner (das sind Lektoren, Übersetzer, Hörbuchsprecher und Illustratoren) ihre Dienstleistung an, um Manuskripte zu verbessern oder die Vielfalt zu erhöhen. Autoren vereinbaren direkt mit den Literatur-Partnern die Konditionen ihrer Zusammenarbeit und partizipieren gemeinsam am Erfolg des Buches.

Das gesamte Verlagsprogramm von tredition ist bei allen stationären Buchhandlungen und Online-Buchhändlern wie z. B. Amazon erhältlich. e-Books stehen bei den führenden Online-Portalen (z. B. iBookstore von Apple oder Kindle von Amazon) zum Verkauf.

Einfach leicht ein Buch veröffentlichen: **www.tredition.de**

Eigene Buchreihe oder eigenen Verlag gründen

Seit 2009 bietet tredition sein Verlagskonzept auch als sogenanntes "White-Label" an. Das bedeutet, dass andere Unternehmen, Institutionen und Personen risikofrei und unkompliziert selbst zum Herausgeber von Büchern und Buchreihen unter eigener Marke werden können. tredition übernimmt dabei das komplette Herstellungs- und Distributionsrisiko.

Zahlreiche Zeitschriften-, Zeitungs- und Buchverlage, Universitäten, Forschungseinrichtungen u.v.m. nutzen diese Dienstleistung von tredition, um unter eigener Marke ohne Risiko Bücher zu verlegen.

Alle Informationen im Internet: **www.tredition.de/fuer-verlage**

tredition wurde mit mehreren Innovationspreisen ausgezeichnet, u. a. mit dem Webfuture Award und dem Innovationspreis der Buch Digitale.

tredition ist Mitglied im Börsenverein des Deutschen Buchhandels.

Dieses Werk elektronisch lesen

Dieses Werk ist Teil der Gutenberg-DE Edition DVD. Diese enthält das komplette Archiv des Projekt Gutenberg-DE. Die DVD ist im Internet erhältlich auf **http://gutenbergshop.abc.de**